无界
BORDERLESS

不纯世界的有序见解

MY FIRST SUMMER
IN THE SIERRA

夏日走过山间

[美]约翰·缪尔 著　　刘鹏康 译

中信出版集团|北京

图书在版编目（CIP）数据

夏日走过山间 /（美）约翰·缪尔著；刘鹏康译. -- 北京：中信出版社，2024.7
书名原文：MY FIRST SUMMER IN THE SIERRA
ISBN 978-7-5217-6573-1

I.①夏… II.①约… ②刘… III.①散文集－美国－现代 IV.① I712.65

中国国家版本馆 CIP 数据核字（2024）第 105706 号

Simplified Chinese translation copyright © 2024 by CITIC Press Corporation
ALL RIGHTS RESERVED
本书仅限中国大陆地区发行销售

夏日走过山间
著者：　　　[美] 约翰·缪尔
译者：　　　刘鹏康
出版发行：中信出版集团股份有限公司
（北京市朝阳区东三环北路 27 号嘉铭中心　邮编　100020）
承印者：　北京启航东方印刷有限公司

开本：787mm×1092mm 1/32　印张：9.25　字数：132 千字
版次：2024 年 7 月第 1 版　　印次：2024 年 7 月第 1 次印刷
书号：ISBN 978-7-5217-6573-1
定价：59.80 元

版权所有·侵权必究
如有印刷、装订问题，本公司负责调换。
服务热线：400-600-8099
投稿邮箱：author@citicpub.com

[美]约翰·缪尔

1917年,奥兰多·鲁兰 绘

美国国家肖像画廊

CONTENT

目录

第一章　赶着群羊过群山　1

第二章　在默塞德河北岔口扎营的日子　31

第三章　面包荒　75

第四章　登上高山　87

第五章　约塞米蒂　119

第六章　霍夫曼山与特纳亚湖　155

第七章　奇妙的心灵感应　185

第八章　莫诺小径　203

第九章　血峡和莫诺湖　223

第十章　图奥勒米营地　241

第十一章　回到低地　273

第 一 章

THROUGH THE FOOTHILLS WITH A FLOCK OF SHEEP

赶着群羊过群山

加利福尼亚的中央谷地宽广辽阔，一年只有两个季节——春天和夏天。春天开始于11月的第一场暴雨，几个月后，山谷中美丽的开花植物便进入了盛花期；而到5月底，繁花枯萎凋零，仿佛所有植物都被放进了烤炉。

此时，人们便会将萎靡不振、气喘吁吁的牲畜赶到绿草如茵的山地，那里海拔很高，天气也很凉爽。而我想趁这时候到山区看看，奈何囊中羞涩，不知该如何维持温饱。漫游者们总是在为生计发愁，我也正为粮食问题困扰不已，甚至想试着学习野生动物的谋生手段，四处收集种子和浆果之类的吃食，获取生存所需的营养，不带金钱也不带行囊，快活地漫步、攀登。就在这时，我之前的东家、养羊人德莱尼先生找到了我，想雇我和他的牧羊人一起把羊群赶到默塞德河与图奥勒米河的上游，那正是我想去的地方。去年夏天，我曾在约塞米蒂欣赏过山区的美景，只要有机会故地重游，我什么活儿都愿意干。德莱尼先生和我说，随着积雪逐渐融化，我们要带着羊群穿越连绵的森林，慢慢向高处攀登，然后在沿途最适宜的草场停留几周。在我看来，这些地方应该会是理想的观察点，我可以从营地出发，在方圆8~10英里[1]的范围内开展很多有意义的探险，研究植物、动物和岩石。毕竟德莱尼先生也保证说，我完全可以自由地开展研究。不过，我觉得自己并不能胜任这份差事，便坦诚地向德莱尼说明了我的不足：我完全不熟悉高山地形，对沿途需要跨越的溪流一无所知，也不清楚会遇到哪些吃羊的野生动物……总之，山间有野熊和郊狼，有河流和峡谷，以及多刺且让人迷失的灌木丛，我担心他的羊群会在山里损失大半。好在德莱尼先生并不在乎这些。他说，他主要是想在营地安排一个他靠得住的人来监督牧羊人的工作，他还劝慰我说，等日子一久，那些看似无法克服的困难都会迎刃而解。为了再给我鼓一把劲儿，他强调，同行的牧羊人会负责所有放牧工作，我只要随心所欲地考察植物、岩石和风景就可以了。另外，他自己会陪我们去往第一个主营地，等我们在海拔更高的地方扎了营，他还会隔三岔五来一趟，为我们提供补给，了解我们的近况。听他这么一说，我便决定接下这份差事。不过我的担忧并没有消失——傻傻的羊一只接一只地从羊圈的窄门里钻出来，清点下来一共2 050只，我看着它们，忍不住担心自己会把它们带上一条不归路。

---

[1] 1英里约为1.61千米。——译者注（如无特殊说明，本书注释均为译者注）

幸运的是，我得到了一个聪明的同伴——圣伯纳犬卡洛。卡洛的主人是一位猎人，我们之前就认识，但不熟。一听说我今年夏天要去内华达山区，这位猎人立刻就找到我，求我带上他最心爱的卡洛，因为他不敢让卡洛一整个夏天都待在平原，怕酷热的天气会要了它的命。猎人对我说："我觉得你一定能照顾好它，它也一定能帮到你。它对山上的动物了如指掌，还能守卫营地，帮着照看羊群，不管怎么说，它既忠诚又能干。"卡洛知道我们说的就是它，于是一边盯着我们，一边聚精会神地听着，那副模样让我觉得它能听懂我们讲话。我叫了它的名字，问它愿不愿意跟我走。听到呼唤后，它先是看向我，眼神里满是智慧的光芒，然后又转头看看它的主人。猎人冲我挥了挥手，又亲昵地拍了拍卡洛，抚摸着它，向它告别。得到主人的许可后，卡洛便安安静静地跟在我身后，仿佛完全明白我们在说什么，而且早已与我熟识。

1869 年 6 月 3 日

今天早上，我们把干粮、露营水壶、毯子和压制植物标本的工具等东西打包好，用两匹马驮着，赶着羊群向黄褐色的山麓前进，一路尘土飞扬。牵着马的德莱尼先生又高又瘦，轮廓分明，像堂吉诃德一样。那个骄傲的牧羊人名叫比利。另有一个中国人

《圣伯纳犬》

约 1850—约 1879 年,伯纳德·特·格普特 绘

荷兰国家博物馆

和一个掘食族印第安人[1]，在刚开始的几天，他们可以帮我们把羊群赶过灌木丛生的山麓。此外就是腰间别着笔记本的我。

我们出发的农场位于图奥勒米河南面，靠近法兰西沙洲，那里的山丘由含有黄金的变质板岩形成，向下没入中央谷地的层状矿床之中。我们刚出发不到一英里，羊群中就有年纪较大的领头羊开始急切而好奇地向前奔跑、张望，似乎是想起了去年夏天在高山牧场的快乐时光。很快，一种兴奋的期盼在整个羊群蔓延开来。母羊呼唤着小羊，小羊也给予回应，那颤抖的声音动听而深情，仿佛带有人类的情感，又因为羊儿时不时要急切地啃上一口枯草而时断时续。羊群涌过山丘，发出的咩咩声似乎一片混乱，但每只母羊和小羊却都能听出彼此的声音。有的羊羔太累了，只能在飞扬的灰尘中昏昏沉沉地往前走，无法回应母亲的呼唤，这时，母羊就会穿过羊群，回到它最后听到应答的地方，焦急不安地寻觅，直到在上千只羊中找回自己的孩子为止。而对我们来说，这些小羊的外表和声音都别无二致。

羊群以每小时一英里左右的速度前行，排成了一个不规则的三角形阵列，底边约100码[2]，高约150码：最前方是一个变化不定的弯曲尖角，由最强壮的觅食者组成，它们就是"阵头"；在参差不齐的"阵腰"两侧，最活跃的绵羊正分散觅食，它们和领

---

[1] "掘食"指"挖根取食的人"，囿于彼时的时代背景，"掘食族印第安人"是对一些美洲原住民部落或群体的称呼。

[2] 1码约为0.91米。

头羊一起急切地探索着岩石和灌木丛的边边角角，寻找青草和绿叶；羊羔和虚弱的老母羊则在队伍后方慢悠悠地前行，共同构成"阵尾"。

大约正午时分，山间变得酷热难耐，可怜的羊儿们喘着粗气，每路过一棵树，它们就想停在树荫下歇口气。我们几个人则怀着强烈的渴望，透过曚昽而灼人的阳光向雪山和溪流望去，却什么也没看见。眼前只有连绵起伏的山麓，点缀其上的树丛、灌木和凸出的板岩让山体轮廓显得崎岖不平。其中的树木大多是高约 30~40 英尺[1]的蓝栎，叶片呈淡淡的蓝绿色，树皮为白色，零散地生长在最贫瘠的土壤或狭窄的岩缝中，就算野草起火也根本烧不到它们。山上很多地方都有尖锐的板岩从黄褐色的草丛中突兀地抬起，上面覆满地衣，就像一座座墓碑竖立在废弃的陵园。山麓地区的植被类型和平原基本相同，只有蓝栎、紫丁香和四五种熊果灌木是这里独有的。我曾在初春时节来过这片地方，当时，这儿还是一片美丽动人的花田，处处鸟语花香，还有蜜蜂嗡嗡作响。而现在，炎热的天气却让一切都变得枯燥无趣。大地满是裂纹，蜥蜴在岩石上飞跑，蚂蚁多得吓人，似乎在高温之下，它们小小的生命火花反倒更加闪耀。这些小生灵排着长队往前跑，只为收集食物或奔赴战场，它们的生命火苗也在随着无尽的能量而欢快地跃动。它们的躯体看起来格外脆弱，但在烈日下

---

[1] 1 英尺约为 30.48 厘米。

《在休息的母羊和羊羔》

1840年，欧仁·约瑟夫·韦伯克霍温 绘

私人收藏

晒上片刻，却也不会被烤干，多么不可思议啊！除此之外，这里还有几条盘踞在偏僻处的响尾蛇，但我们不大能见到。原本喧闹的喜鹊和乌鸦此时也沉默了，它们成群结队地站在最阴凉的大树下，嘴巴大张，翅膀低垂，气都喘不过来，更别提鸣叫了。一群鹌鹑正设法在寥寥无几的微温的碱水池旁乘凉。美洲茶灌木丛中的棉尾兔在一片片阴影间穿梭着，偶尔还能看见长耳兔在开阔处优雅地小跑。

中午的时候，我们在树林里小憩了片刻，随后便又赶着那些可怜的、满身灰尘的绵羊往前走，越过灌木丛生的山丘。但就在最紧要的时候，脚下本就模糊不清的山路忽然消失了，于是我们只能停下脚步，四处张望，确定自己的方位。同行的中国人好像觉得我们迷路了，便用蹩脚的英文喋喋不休地说着什么"小棍子"（灌木丛）太多之类的话，而那个印第安人则默默扫视着周围起伏的山脊和峡谷，想要找到出路。穿过多刺的灌木丛，我们终于发现了一条通往科尔特维尔的山路，于是继续沿路前进，在日落前一小时抵达了一片干燥的牧场，并在此扎营过夜。

带着羊群在山麓地区扎营虽然算不上麻烦，却也绝对不是什么愉快的经历。太阳落山前，羊群一直在附近自由觅食，牧羊人负责照管它们，至于拾柴、生火、做饭、收拾行囊和喂马等工作则由其他人负责。大约黄昏时分，羊儿们已疲惫不堪，牧羊人把它们赶到营地附近那片海拔最高的开阔地带，它们也自发挤到一起，所有母羊都找到了自己的羊羔，并给羊羔喂了奶，然后羊群就卧下休息了，在天亮之前都不用人照顾。

一声"吃饭"，开启了我们的晚餐时光。每个人手里都拿着锡盘，直接从锅里盛饭，一边吃一边聊着露营相关的话题，比如喂羊、金矿、郊狼、野熊或淘金时代难忘的冒险经历。印第安人默默充当背景，全程一言不发，仿佛和我们不是同一物种。吃完了饭，喂完了狗，吸烟的人开始在篝火旁抽烟。他们此时已吃饱喝足，加之烟草的作用，便呈现出一副近乎神圣的安详神态，就像画像中那些冥想的圣徒，面容散发柔和的光辉。然后忽然间，他们又像是从睡梦中醒来一般，各自发出一声叹息或是哼唧，敲净烟斗里的烟灰，打了个哈欠，对着篝火凝视片刻，说："行了，我要睡了。"便立刻钻进毯子。微弱的篝火轻轻摇曳，一两小时后才熄灭。星光变得更加明亮。分散在各处的浣熊、郊狼和猫头鹰不时发出动静，打破夜的寂静。蟋蟀和雨蛙也演奏出欢快而流畅的音乐，那旋律格外和谐、饱满，与夜色融为一体。只有睡者的鼾声和吸入灰尘的绵羊的呛咳与环境格格不入。星空下，羊群看上去就像一大块灰毛毯。

6月4日

天刚破晓，营地里就忙活起来。早餐是咖啡、培根加豆子，吃完之后，我们便赶忙洗碗、打包。大约在日出时分，羊群开始发出咩咩的叫声。母羊刚一起来，小羊就蹦蹦跳跳地跑来找奶吃。上千只小羊喝完奶后，羊群便四散觅食。最先按捺不住的是那些饥肠辘辘的羯羊，但它们也不敢离开大部队太远。比利、印第安人和中国人带着它们沿漫长的道路前进，让它们在一片约四分之一英里宽的地方多少找点东西吃。但在我们之前，已经有几群羊经过这里了，此处几乎片叶不留，别说青草，连干草都没剩下。我们只能带领挨饿的羊群匆匆翻过光秃、炎热的山丘，走上二三十英里，赶往最近的青草牧场。

"堂吉诃德"牵着马，肩上还扛着一支专门用来对付熊和狼的沉重步枪。今天和第一天一样，烈日炎炎，尘土飞扬，一路都是平缓的褐色山丘，其间的植物大多相同，唯一有些特别的就是形态奇特的鬼松。它们有的聚集成一片小树林，有的则零零散散地分布在蓝栎当中。它们的树干在15英尺或20英尺高处冒出分枝，有的向外倾斜，有的近乎垂直，上面还有很多杂乱的枝条和长长的灰色针叶，几乎投不下树荫。整体来看，它们不像松树，反倒更像棕榈。其球果很重，长度大约在6~7英寸[1]，直径约5英寸，落之后很久都不会腐烂，所以在树下遍地可见。这些球果可用于点燃篝火，火焰明亮，还能散发出树脂的清香，除了印第安玉米的穗子外，我再也见不到比其更好的燃料了。德莱尼告诉我，掘食族印第安人会把这种松果当成食物大量采集。它们和榛

---

[1] 1英寸约为2.54厘米。

子尺寸相当，外壳也一样坚固，既可作为食物，亦可作为火种。

6月5日

今天上午，赶着羊群走了几小时后，我们登上了皮诺布兰科峰侧面第一个界线分明的平台。我对鬼松非常感兴趣，它们看起来如此轻盈、蓬松，奇特的形态像棕榈树一样，勾起了我强烈的写生欲望。但由于太过激动，我并没有画出多少。不过后来，我还是停留了很久，并从西南方为皮诺布兰科峰画了一幅相当不错的素描。那里有一小片田地和葡萄园，一条小溪灌溉着田园，并从路边的峡谷下落，形成一条美丽的瀑布。

登上第一个开阔平台后，我的位置升高了1 000英尺左右，我由此获得一种自然的愉悦，也对即将欣赏到的美景充满期待。就在此时，默塞德河谷在所谓马蹄湾处的壮美景观尽收眼底。这是一片壮丽的荒野，似乎在用千百种如歌的声音呼唤着我。陡峭的斜坡上覆着松树林和熊果灌木，阳光照耀在其间裸露的土地上，共同构成这幅画卷的大部分前景；中景和背景则是形态美丽的峰峦，它们一层层向上延伸，融入邈远的群山。山上覆盖着乱蓬蓬的灌木丛，大部分是柏枝梅属植物，分布出奇地密集而均匀，看上去简直就像一片柔密的绒毛，既没有一棵树，也没有光裸的土地。目光所及，一片波涛起伏的绿色海洋绵延不断，宛如苏格兰的荒原。这景致的轮廓和其繁复的细节一样引人注目。高山连成宏伟一片，波光粼粼的河水从其间流过，每座山峰都被打磨成流畅而优美的褶皱，全不露出一处分明的棱角，好似变质页岩经砂纸细细打磨出的精致槽纹。整个景观的设计如同最伟大的人类雕塑。它的美蕴含着怎样惊喜的力量！我凝视着它，心中充满敬畏，觉得自己可能会为之放弃一切。我欣喜若狂，探索造就此等地貌、岩石、植被、动物和美好天气的神秘力量将是我无尽的事业。这里处处都是超乎想象的美丽，从上到下，生生不息。我久久地凝视着，憧憬着，欣赏着，直到那被尘土笼罩着的羊群和行囊远远淡出我的视线，我才匆忙做了些笔记，画了幅素描，但也不过是多此一举，因为这圣景的色彩、线条和景观已深深烙在我的脑海，留在我的心中，永远不会褪色。

美好的一天结束后，等待我们的是一个凉爽、宁静、万里无云的傍晚。到处都是一种我从未见过的闪电——白色的发光云团落入树丛和灌木丛中，就像威斯康星州的草场上快速飞动的萤火虫，和所谓的"野火"完全不同。散开的马鬃和毯子上的火花说明这里的空气中充满静电。

6月6日

我们现在位于山脉的第二个平台上，这里也可以说是一处高

约塞米蒂的默塞德河

1868年,阿尔伯特·比兹塔特 绘

明尼阿波利斯艺术学院

原。我们一路上上下下，走过起起伏伏的山地，当然，周围的植被也发生了相应的变化。开阔地带仍能见到很多低地菊科植物，还有仙灯百合等引人注目的百合家族成员。随着海拔逐渐升高，山麓地区特有的蓝栎就被高大、漂亮的加州栎取代了，这种落叶树的叶片边缘呈深裂状，树干有别致的分杈，树冠丰满厚实，枝叶精细，造型优美。在海拔 2 500 英尺左右的地带，我们还看到了一大片针叶林，其中大多是黄松，还有一小部分糖松。现在，我们已和群山融为一体，它们点燃了我们的热情，颤动着我们的每一根神经，充斥着我们的每一个毛孔和细胞。在周遭美景环绕下，我们的血肉之躯就像玻璃一样透明，仿佛真成了美景不可分割的一部分，与空气、树木、溪流和岩石一起在阳光的波涛中荡漾着，与自然合二为一，超越了年龄与感官的限制，成了不朽的存在。此时此刻，我甚至忘记了自己的身体还要依靠食物和空气，只觉天地的存在才是我的必需。这华丽的蜕变是如此彻底而健康，过去那种束缚的日子似乎已经被我遗忘，我甚至无法站在过去来审视自己的此刻！在这种全新的生命中，我们似乎生来就是如此。

　　穿过松林中的草地，我在约塞米蒂高处的默塞德河源头附近看到了白雪皑皑的山峰。它们看起来离我那么近，在湛蓝的天空下，它们的轮廓是如此清晰，甚至可以说，这几座雪峰已和天幕融为一体，因为它们已经浸透在这蓝色的空气中。它们的吸引力是如此强烈！是在邀请我前往吗？我昼夜祈祷，希望能获得邀约，但这愿望似乎太过美好，难以成真。未来某一天，一定会有某个能够担此大任的人登上雪峰，去履行上帝赋予的使命。但我只能尽自己所能，游荡在我深爱的群山之间，心甘情愿地成为这神圣荒野中最谦卑的仆人。

后来，我又在科尔特维尔附近的柏枝梅属灌木丛中发现了一朵可爱的白花仙灯百合，它旁边还长着智利铁线蕨。它的花瓣是白色的，内侧靠近根部的位置泛着淡淡的紫色。它叫人印象深刻，如同冰晶一般纯净，是人见人爱的花中之圣，只消看上一眼，便能让心灵得到净化。就是最粗鄙的登山者看到它，也会端正自己的言行。仿佛只要有它存在，哪怕其他草木一概消亡，整个世界仍然可以丰饶富足。有这样的尤物长在路边向我布道，我不由得放慢脚步，任那云朵般的羊群远去。

下午的时候，我们经过一片丰茂的草地，四周围绕着端庄的松树，大多是笔直的黄松，零星夹杂着几棵高挺的糖松——其羽翼状的枝丫向上伸展，凌驾于其他松树的尖顶之上，同周围树木形成鲜明的对比。其形态高贵美丽，松果长15~20英寸，就像悬挂在树枝末端的流苏，形成华丽的点缀。我在格里利锯木厂看到了一些糖松木，它们呈标准的正圆形，就像在车床上受过加工一样，只有底部切口处有一些凸起的支撑结构。糖松树液散发的浓郁香气弥漫在厂房和木材堆场。糖松树下铺满了细长的针叶和巨大的球果，还堆满了果鳞、种翅和果壳，那是松鼠们大快朵颐的痕迹，给这片土地平添了美感。松鼠会从松果底部开始，按照

《白花仙灯百合》

1933年,玛丽·沃克斯·沃尔科特 绘

史密森尼美国艺术博物馆

果鳞的排布依次将其剥下，这样就能吃到松子了。每片果鳞底部有两颗松子，一整个松果中就有一两百颗，足够它们饱餐一顿。相比之下，黄松等松树的果实则被道格拉斯松鼠倒立着放在地上，然后渐渐转动，直到果鳞剥离下来。道格拉斯松鼠坐下的时候常常背靠一棵树，这多半是为了确保安全。奇怪的是，它们身上好像从来不会粘上树脂，连爪子和胡须都是干干净净的，哪怕是它们留下的"厨余垃圾"都特别干净，颜色也很漂亮。

现在，我们正朝着一个云雾缭绕、溪水清凉的地方行进。正午时分，约塞米蒂上空出现了宏伟的白色积云，宛如浮动的喷泉，滋润着壮丽的荒野，又像蓝天中屹立的群山，珍珠般的山谷间，溪流从中发源。它们为大地投下阴影，洒下雨水，带来阵阵清凉。它们比任何岩石景观都更加多姿而精致。这些白色的圆顶和山峰慢慢升腾、膨胀，如最优质的大理石一般洁白无瑕、轮廓分明，是最令人赞叹的杰作之一。每一朵积雨云，哪怕只是匆匆掠过，最终都会留下痕迹，它们不仅让花木焕发生机，让河湖水量丰沛，也会在岩石上刻下脚步，哪怕痕迹细微得令人难以察觉。

我在马蹄湾一带初次注意到一种奇特而颇有势力的灌木——柏枝梅属灌木。我最近一直在研究它。这种植物大量生长于科尔特维尔附近第二处高原的低坡，长势茂盛，几乎密不透风，从远处看黑压压的一片。它属于蔷薇科，高约 6~8 英尺，上面有按总状花序排列的小白花，花轴长 8~12 英寸，似针的叶子呈弧形，树皮稍稍发红，老化后会脱落。这些灌木生长在阳光暴晒的斜坡上，和野草一样时常要经受野火的灼烧，不过它们很快就会从根部再生。任何在这灌木丛中扎根的树木最终都会葬身火海，这显然也是它们大肆延展、连绵不绝的奥秘所在。不过，有些熊果灌木也在烈火过后从根部再生，努力与柏枝梅属灌木共存。除此之外，灌木丛中还夹杂着酒神菊和麻菀等菊科灌木，以及仙灯和紫灯韭等百合科植物，它们的鳞茎埋在深处，所以不会被野火烧毁。很多鸟类和"光滑、胆怯、怕事的小东西"[1]都在这片茂密的灌木丛找到了理想的家园。当冬季风暴来临时，高山牧场的小鹿也能在丛林周边的开阔地和小道找到食物和庇护所。多令人敬佩的植物！它现在正值花期，我要把这美丽而清香的花枝别在我的纽扣眼儿里。

这里还有另一种迷人的灌木，名叫西洋杜鹃，它们生长在清凉的溪水旁，在约塞米蒂的高处也有所分布。今天傍晚，我们在距格里利锯木厂几英里处发现了这种植物，那里也是我们过夜的地方。这种花与杜鹃关系密切，美艳动人，香气扑鼻，没人能够抵挡它的魅力，不仅因为它本身的美丽与芬芳，也因为它周围有着繁茂的赤杨和垂柳、布满蕨类植物的草地以及灵动的涓涓溪流。

我们今天还看到了另一种针叶树——北美翠柏。这种树木非

---

[1] 原文为"wee, sleekit, cow' rin, tim' rous beasties"，参考 [英] 罗伯特·彭斯《彭斯诗选》，王佐良译，北京：人民文学出版社，2020年。

《西洋杜鹃》

年份不详,玛丽·沃克斯·沃尔科特 绘

史密森尼美国艺术博物馆

常高大，叶片呈扁平羽状，颜色是暖暖的黄绿色，就像柏树叶片一样，树皮则为肉桂色。由于老树的树干上没有枝杈，所以在阳光照射下，它们就成了惹人注目的支柱，可以媲美同样崇高、挺拔的糖松与黄松。它们对我有种莫名的吸引力。那纹路细密的棕色木材和鳞片状的小叶一同散发着清香，扁平的羽状叶片层层叠叠，好似舒适的床铺，一定也能很好地遮挡雨水。在这样一棵姿态高贵、热情好客的古树下避雨，肯定是段美妙的经历：它宽大的枝丫弯曲下来，如一座遮风避雨的帐篷，若用干枯的落枝燃起篝火，便会从中飘出阵阵香气，头顶也传来疾风的欢唱。但今晚并无风雨，我们的营地也不过是个牧羊的营地，靠近默塞德河的北岔口。夜风诉说着高山上的奇景，诉说着雪中的溪泉和花田、森林和树丛，就连高山的地形也藏在其腔调里。而就在我们登临高地，远离低处的尘埃时，繁星如同天空永不凋零的百合，变得格外璀璨！尖塔似的松树错落有致，围成高墙，镶嵌在地平线上。如同由阳光书写的神圣的象形文字。真希望我能读懂其间的含义！潺潺溪水流过营地，穿过青翠的蕨类植物、圣洁的百合与高大的赤杨，演奏着美妙的乐章。松树则环绕着天际，为我们带来了更加华丽的视觉盛宴。多么神圣的美景！只要有足够的水和食物，我就可以永远留在这里，绝不会感到孤独。随着对世间万物的爱的加深，我可爱的亲朋好友好像与我更近了，哪怕相隔千里群山，却也仿佛咫尺之间。

6月7日

　　昨晚，我们的羊生病了，其中有不少到现在都病得很重，几乎没法离开营地，一直在咳嗽、呻吟，可怜极了。牧羊人和德莱尼说，这都是因为它们吃了那该死的杜鹃叶。自从离开平原以后，羊群就没怎么吃到草，一直在挨饿，所以但凡看到点绿色的东西都会吃下去。在养羊的人眼里，杜鹃就是羊的毒药，他们不知道造物主为什么要创造这么一种植物——瞧，虽然在过去，牧羊的工作对我们多有裨益，但现在却让人变得盲目而无趣。加利福尼亚的养羊者急于发家致富，而通常他们的愿望确实能够成真，因为现在放牧几乎不花成本，有利的气候条件使他们不需要准备过冬的草料，也不必搭建藩篱和谷仓。他们可以用极少的成本养活一大群羊，从而赚取巨额利润。据说每过两年，他们的投资收益就能翻上一番。飞来的财富往往激发更大的欲望，这些可怜人就被羊毛遮住了双眼，从此再无法仔细欣赏世间的美景了。

　　而相比之下，牧羊人还要更可怜。每到冬天，他们便独自在小木屋里过冬。尽管有时候，他们想到自己以后也能有一大群羊，变得像其雇主一样富有，心里多少有些慰藉，但同时，他们也很可能因为这种难熬的生活而堕落。最终，只有为数不多的牧羊人才能美梦成真，从对羊群的拥有中获得尊严和好处——抑或坏处。牧羊人堕落的原因可说是显而易见的。他们大部分时间都在独处，这种孤独是大部分人难以忍受的。他们的精神世界很贫痒，不怎么靠读书消遣。每当夜幕降临，他们便回到那简陋的小屋，在一片浑噩中深陷疲惫，无法为自己的生活建立与广阔世界的联系。更何况，在忍受了一整天乏味的牧羊工作后，他们还必须得吃晚饭——他们多半是草草应付，有什么就吃什么，全为填饱肚子。他们可能连烤好的面包都没有，不过是用未洗的煎锅做几张不像样的饼，煮一把茶，可能还会煎上几条锈色的培根。通常，屋里会有桃干或苹果干，但他们懒得去煮，只是狼吞虎咽地吃掉培根和饼，然后在烟草的麻醉下惬意地度过余下的休息时间。抽完烟后，他们往往就穿着白天的脏衣服直接睡了。当然，他们的身体每况愈下，心理健康也受到了影响，在与世隔绝了几个星期或几个月后，他们终于变得神经兮兮，甚至彻底疯掉了。

放牧似乎是绝大多数苏格兰牧羊人唯一的职业选择。也许是因为祖祖辈辈都在放羊，所以他们生来便热爱这份工作，也颇有些天分，简直能与他们自己养的牧羊犬相媲美。这些牧羊人需要看护的羊并不多，于是闲暇时便和亲朋待在一起，天气好的时候也能读读书，还时常把书带到田野，和遥远的君王们来一场对话。据说，东方牧羊人还会给自己的羊起名字，羊儿们熟悉他们的声音，便会乖乖跟着走。他们的羊群规模应该不大，很好管理，所以才能在山上吹奏风笛，还有足够的时间读书、思考。但不论牧羊事业在其他年代或别的国家带来了多少好处，据我所知，加利福尼亚牧羊人的心智总是健全不了多久的。大自然的美妙众声当中，他们只能听到羊叫。如果细细聆听，郊狼的长嚎也能成为天籁，但很可惜，他们已被羊群蒙住了耳朵，再也感受不到这美好。

生病的羊慢慢好起来了，牧羊人也开始谈起隐藏在高山牧场中的各种毒草，比如杜鹃、山月桂和碱性植物等。穿过默塞德河的北岔口，我们转道向左，开始向派勒特峰前进。我们沿着布满岩石和灌木的山脊向上爬了很久，最后来到了布朗平原。自从离开平原以后，这还是羊群第一次吃到充足的绿草。德莱尼先生提出，要在附近找一个永久的营地，在这里待上几周。

在中午之前，我们穿过了鲍尔山洞。这里并不是阴暗潮湿的洞穴，而是一座赏心悦目的大理石宫殿。阳光从朝南的宽大洞口倾泻而入，照亮了整个山洞。洞内有一片幽深清冽的小湖，岸边长满青苔，为阔叶枫所环绕。这些景致都藏在地底，和我平生所见的山洞完全不同，即使是在洞穴密布的肯塔基州，也从没见过这样的景色。据说这处奇特的地下景观位于一条贯穿山脉南北两端的大理石岩脉上。除了这里以外，岩脉上还有大大小小很多洞穴，但据我所知，只有在这个洞中才能看到外界明媚的阳光和多彩的植物，它们完美融合，共同构成了晶莹美丽的地下宫殿。如今，这处景观已归一个法国人所有，他用栅栏围住了洞口，在湖上停了一条小船，在枫叶掩映、青苔密布的岸边设了座位，还会向游客收取一美元的门票。而由于山洞所在的道路正好通往约塞米蒂山谷，所以在游客众多的夏季，很多人会到洞中参观，并将其视为约塞米蒂美景的一部分。

《牧羊人和他的羊群》

年份不详,赫尔曼·奥托玛·赫尔佐格 绘

私人收藏

在海拔 3 000 多英尺的山麓地区分布着很多毒栎，或者说毒藤。这些毒栎既是灌木，又是爬藤植物，可以攀缘在树木和岩石之上。它对人的眼睛和皮肤有强烈的刺激作用，人们大都避之不及。但这危险的毒物却能和周围植物和谐共处，很多美丽的花朵都信赖地依偎着它，以求庇护和阴凉。我常常能看到奇特的藤蔓百合攀附在它的枝条上，不仅毫不畏惧，反而像意气相投的朋友。羊儿吃了它也不会生病，马儿虽然不爱吃，但就算吃下也不会有什么不良影响，甚至对很多人来说，它也是无害的。像大部分没有明显实用价值的事物一样，毒栎很少受到人们的喜爱，那些不懂欣赏的人总要问："世界上为什么会有这种东西？"但他们从未想过，或许它只是为自己而生。

布朗平原位于默塞德河北部支流和布尔溪之间的山脊上，是一片视野极佳的富饶浅谷，四面八方的壮丽景色可由这里尽收眼底。多年来，勇敢的拓荒者戴维·布朗在这片平原上建起了自己的根据地，将所有时间都用来淘金和猎熊。对于孤独的猎人而言，这里就是最好的世外桃源。在树林中狩猎，在岩石间淘金，清新的空气使人容光焕发。随着天气变化，天空呈现出各种色彩，白云时刻变换着形态，令人浮想联翩。尽管戴维非常务实，但和大多数拓荒者一样，他似乎也非常喜欢欣赏自然风光。德莱尼非常了解戴维，他告诉我，戴维热衷于攀登高耸的山脊，从那里，他可以越过森林，眺望白雪皑皑的山峰和河流的源头；可以越过峡谷，通过观察炊烟和篝火，细听斧凿的声音，判断哪里有工人在开矿，哪里又遭到了废弃。而当枪声响起时，他又会猜测是谁在打猎，也许是印第安人，也许是侵入他领地的偷猎者。戴维身边还有一只名叫桑迪的小狗，无论他去哪里，桑迪都寸步不离。这只毛茸茸的登山能手对主人忠心耿耿，也喜欢和主人一起打猎。猎鹿的时候，它基本没什么任务，只需要静静跟着主人穿过树林，和主人一样放轻脚步，别让脚踩枯枝的声音惊动猎物就好。与此同时，它的目光还会在灌木丛的开阔地带四处搜寻，因为在清晨和日落时分，猎物们最喜欢在这里觅食。一到新的瞭望点，它又会谨慎地观察山脊和绿草茵茵的溪流两岸。等到猎熊的时候，桑迪的用处就大了，而戴维就是以猎熊而闻名的。在无数个夜晚，在那孤独的小屋里，德莱尼听戴维讲过很多他的故事。他说，戴维的狩猎方法很简单，就是带着狗、步枪还有几磅[1]面粉，不声不响地缓缓穿过熊最常出没的草地。只要发现猎物刚留下的踪迹，他就会循着印记一路追踪，不管花上多少工夫，也不半途而废。此时桑迪就成了戴维的导航，它的嗅觉极其灵敏，哪怕在多岩的路段也能嗅出蛛丝马迹，从不会跟丢。抵达开阔的高地时，戴维会细细观察猎物最可能出没的地方。猎人可以根据季节大致确定熊的出没点：在春季和初夏，它们会在河边或湿润地带啃食青草、苜蓿或羽扇豆，有时也在干燥的草地上吃些草莓；到了夏末，它们会爬上干燥的山脊，坐在地上，把硕果累累

---

[1] 1磅约为0.45千克。

的枝条拢到一起，大口地享用熊果，完全不在乎里面混着多少枝叶；在骤然回暖的印第安夏季[1]，它们会到松树下吃松鼠摘下的球果，偶尔也会爬到树上啃食或折断结果的树枝；深秋时节，当橡果成熟时，它们最喜欢到峡谷平原觅食，那里生长着茂盛的加州橡树，景致如公园一般。戴维是个精明的猎人，他总是知道该去哪儿寻找猎物，几乎不会在一无所知的情况下遭遇熊。一旦闻到猎物的浓烈气息，他便知道危险就在附近，每当此时，他就会在原地静默一阵，不慌不忙地观察周围复杂的地形和植被，寻找猎物游荡的身影，或至少确定它可能的藏身之处。

戴维说："只要我在暴露之前先找到熊，就可以轻松地把它杀死。只需研究地形，不管距离多远，先绕到熊的下风处，然后慢慢靠近到离它几百码的位置，接着再找一棵我能轻易爬上但熊爬不上的小树。站在树下检查步枪，脱掉靴子，这样情急时我就可以赶紧爬到树上。接下来就是等，等到熊的身影清晰可见，我就立马瞄准射击。如果它企图攻击我，我就爬到它够不着的地方。熊的眼神不好，动作又慢又笨，而我又站在下风处，它闻不到我的气味，我便趁它注意到烟雾时再开一枪。通常情况下，熊一受伤就会跑进灌木丛里躲着。这时，我会让它先跑一会儿，等安全之后再小心地追上去，桑迪总是能带我找到熊的尸体。如果熊还没死，它就会通过吠叫来引起熊的注意，有时也会冲到近处

---

[1] 指北美洲秋季干燥温暖的一段时间，相当于我国常说的"小阳春"。

咬上一口，分散熊的注意力，这样我就能和熊拉开安全距离，补上最后一枪。没错，只要方法对了，猎熊也并不危险，但和其他工作一样，意外总是难免的，我和桑迪有几次也差点出事。虽然熊一般不会靠近人，但如果是一头又老又瘦、饥肠辘辘还带着小崽的母熊在自己的领地上碰到了人，那我觉得它八成是要把人抓来吃掉的。这也没什么不公平的，毕竟人也吃熊，但我还没听说这附近有谁被熊给吃了的。"

在我们到来之前，戴维已经离开了小木屋，但很多掘食族印第安人还留在平原边界处的树皮小屋里。他们最开始是被一位白人猎手吸引来的。当时，派尤特人[1]常常会从东侧越过山脉，袭击比他们弱小的掘食族印第安人，掠夺他们的财产，掳走他们的妻子。是这位猎人为他们提供了指导和庇护，使其得以抵抗敌人的攻击，他也因此得到了掘食族印第安人的敬重。

---

[1] 北美洲印第安人中的一族。

第 二 章

IN CAMP ON THE NORTH FORK
OF THE MERCED

在默塞德河北岔口扎营的日子

6月8日

　　羊群在大快朵颐后就变得温顺多了，它们一边慢慢啃食着脚下的青草，一边在派勒特峰山脚下沿着默塞德河北部支流行进，前往德莱尼为我们选定的第一个主营地。它位于河流弯道处，是一片漏斗形洼地，四周山坡环绕，风景如画。我们在河岸的树荫下搭起了放置食品和餐具的架子，按照各自的喜好用蕨类植物、雪松针叶和各种花卉铺好了床，还在开阔的平地上围了一个羊圈。

6月9日

　　昨晚，我们在群山的怀抱中酣然入睡。在葱茏的树木和夜晚的星光下，我们耳边回荡着瀑布庄严的落水声，还有一些窸窣的声响，仿佛甜美宁静的安眠曲！我们迎来了第一个真正的"游山日"，气候温和宜人，万里无云，天高地阔，处处都笼罩着宁静的氛围，却又散发着野性之美！我几乎不记得这一天是如何开始的。沿着溪流，越过山丘，天地间处处都闪烁着春日的盎然生机。新的生命、新的美景，都在这灿烂的春光中肆意舒展。鸟巢中有新生命破壳，雏鸟在空中展翅，新叶萌发，花蕾初绽，蓬勃的生命力在天地之间流淌、闪耀，处处都洋溢着欢乐的气息。

营地周围的树木郁郁葱葱，让蕨类植物和百合花免遭烈日炙烤，而河岸另一面却是阳光普照，给地上的花花草草染了一层鲜艳的色彩。高高的雀麦像竹子一样摇曳，菊花、美洲薄荷、蝴蝶百合、羽扇豆、吉莉草和紫罗兰散布在草地间，如繁星般闪耀，仿佛快乐的光之子。过不了多久，所有蕨类植物的叶子也会慢慢展开，然后河边就会铺满凤尾蕨和狗脊属植物，阳光充足的岩石上还会出现一丛丛旱蕨和碎米蕨。有的狗脊属植物甚至已经长到 6 英尺高了。

这里还有一种漂亮的小型蔷薇科灌木，名叫蒿叶梅，它在糖松树下铺开平坦的黄绿色帷帐，绵延数英里，基本全无间断，似乎也没有其他植物掺杂其中。但若仔细观察，也能看到几株华盛顿百合零零星星冒出头来，或者看到一两簇高挑的雀麦点缀其间。这种漂亮的灌木生长在海拔 2 500~3 000 英尺处，如地毯一般展开，最高也只是及膝，枝干呈褐色，直径不过半英寸左右。叶子呈淡淡的黄绿色，是三回羽状复叶，形状修长精细，与蕨类植物极其相似。叶片上有微小的腺体，能分泌出具有特殊香味的蜡状物，与松树略带辛辣的香气完美融合。花朵呈白色，直径在八分之五英寸左右，和草莓的花有些相似。我很喜欢蒿叶梅，在这片山区，只有它真正像地毯一样成片成片地绵延生长。相比之下，熊果灌木、鼠李和大多数美洲茶就显得比较凌乱，它们不像是地毯或帷幔，倒更像毛毯的边饰了。

不过，也许是环绕四周的山丘让这里显得有些憋闷，羊儿们似乎并不喜欢这片新牧场。它们总是消停不下来，昨晚又受了惊吓，可能是有熊或郊狼在附近徘徊，打算来一顿羊肉大餐。

6月10日

天气非常温暖。我们去岩潭处取水。岩潭位于一条美丽如画的瀑布脚下，水流激荡澎湃，但又没有激起浑浊的泡沫。这里的岩石是黑色的变质板岩，在河道中被打磨得十分光滑。与之形成鲜明对比的，是那灰白的瀑布。它欢快地流动、闪烁，就像柔软的蕾丝重叠交织，落入岩潭。由水面冒出头的岩石上生长着簇簇莎草，呈现一番迷人的景致：修长的叶子韧性十足，分散下垂，像一道道拱门，长叶的尖端垂入水中，将岩石裁分后的水流梳理得更精细。就这样，莎草和流水共同构成一幅生机盎然的画卷。除此之外，在河中那一块块小岛般的岩石上，还生长着巨大的虎耳草。它们牢牢扎根，舒展着宽大圆润的伞状叶片，有的自成一丛，有的则和莎草结伴而生。其花朵呈紫色，排成高高的总状花序，先开花，后长叶。饱满的根茎紧紧抓着岩石的裂缝或坑洼处，即便偶有洪水来袭，它也不会被冲走。这种神奇的植物仿佛是大自然的精心安排，只为给这清冽的溪流增添几分意趣。营地附近，溪流两岸的树连成一片，共同搭成一条绿意盎然的拱形隧道，柔和的阳光透过枝叶的罅隙照了过来，潺潺水流泛起璀璨的光，仿佛有了生命一般，欢唱着流经隧道。

山区的高处传来雷声，大理石般的白色积云从松林背后升起。大约已到正午。

6月11日

今天，我在默塞德河东边的支流处发现了几条迷人的瀑布，每条瀑布脚下都有一片水潭。白色的河水飞流直下，几丛灌木和薹草垂在崖壁，形态雅致。除此之外，在水潭边肥沃的土壤中，大朵的橙色百合成群地盛开着。

我们营地周围并没有大片的草地或是草木葱茏的平原，但成千只羊要整日啃草，附近的草料维持不了多久。羊群主要是靠美洲茶和零星的草丛过活，阳光充足的开阔地带也有羽扇豆和豌豆藤可吃。大部分土地都几乎被啃食干净，挨饿的羊儿只能四散开来，到远处找食。牧羊人和几只小狗只得尽快跟上，免得它们跑得太远。德莱尼先生已经带着印第安人和中国人返回平原，临走之前嘱咐我们看好羊群，等他回来，并且承诺自己不会在平原耽搁太久。

天气可真好，简直如仙境一般！风也那么轻柔，连一点声音都没有，简直不像是风，更像是大自然的呼吸，为万物传递平和的气息。在我们扎营的那片山谷，微风甚至撼不动树木的枝丫，大多数时候，连叶子也一动不动。印象中，甚至最容易随风起舞的高挑百合都总是直挺挺地静立着。这些喇叭状的花朵长得多大！有些甚至能给小孩做帽子。我为这些百合画了素描，细细勾勒每一片宽大、泛光的轮生叶，描摹卷曲的花瓣和上面的斑点。很难想象还会有哪处花田能胜过此处。它的学名叫豹斑百合，高 5~6 英尺，轮生的叶子宽 1 英尺，花朵宽约 6 英寸，颜色为亮橙色，靠中心的地方点缀着紫斑，花瓣向外卷曲——真是美丽至极的植物。

6 月 12 日

今天下起了小雨，雨点虽大，却并不密集，噼里啪啦地打在树叶、石头上，也滋润着盛开的花朵。积雨云从东方升起，那云朵上有极美的珍珠般的浮凸，它们与下方高耸的岩石相得益彰，

《豹斑百合》

1877—1880年,沃尔特·胡德·费奇 绘

选自亨利·约翰·埃尔维斯、沃尔特·胡德·费奇《百合属植物研究》

伦敦:泰勒和弗朗西斯出版社,1877—1880年

宛如天空中的群山，坚实伟岸，精雕细刻，千姿百态的形貌看得清清楚楚。我还从没见过形状和质地这么厚实的云朵。几乎每天中午，它们都会以肉眼可见的速度膨胀、升腾，仿佛一片新世界正被孕育。然后，它们在花田和森林上方缓缓飘荡，投下阴凉和雨水，让所有花草树木欣欣向荣。或者说，这些云朵本身也像是植物，在太阳的召唤下，在天空中茁壮生长，绽放到极致的美，然后洒下它们的果实和种子——也就是雨水和冰雹——最后慢慢枯萎、凋谢。

在我们所处的位置以及往上约 1 000 英尺处，生长着很多金杯栎，它们和佛罗里达的栎树很像，二者不仅有相似的外形、叶片和树皮，而且枝条都一样地远远向外伸展，它们还都非常坚硬、结节多且不易劈砍。最高大的树往往孑然而立，从而获得充足的伸展空间。在靠近地面的位置，树干直径约 7~8 英尺，高 60 英尺，树冠的宽度近于树高，甚至会超过树高。其叶片较小，没有分裂，也无叶齿或波浪形边缘，但叶片幼芽有时会带有锋利的锯齿。在同一棵树上，通常既有幼芽，也有成叶。橡果大小适中，壳斗浅而壳壁厚，上面覆盖着一层金色细毛。有些栎树几乎没有主干，在靠近地面的位置就分成粗壮的枝干，而这些树枝又继续分开，最终形成一簇簇修长的枝条，像绳索一样低垂着，有的甚至快垂到地面。而那些叶茂的短枝则紧紧地聚在一起，形成一顶圆树冠，如闪闪发亮的伞盖，在阳光的照射下仿佛一朵积云。

在营地附近的炎热山坡上，我发现了灌木罂粟这种奇特的植物，它是我在漫步时看到的罂粟目植物里唯一的木本成员。它的花朵呈鲜艳的橘黄色，宽约1~2英寸，果荚长度在3~4英寸左右，形状修长卷曲。其灌木高约4英尺，枝条笔直而细长，从根部开始分杈，通常与熊果灌木等喜光灌木结伴而生。

6月13日

今天的山谷依旧阳光明媚，我感觉自己已经和自然融为一体，在天地间漫无目的地游荡。生命的长度早已模糊，我们像树木和星辰一样成为永恒，再也不用争分夺秒。这才是真正的自由，是可实现的不朽。远处又升起白色的云团，黄松尖顶和酷似棕榈的糖松树冠在洁白穹顶的映衬下显得轮廓分明。听！远处响起一声惊雷，声音沿着一道道山脊响彻天地，果不其然，暴雨随之而至。

许多草本植物从平原一路蔓延到这儿。现在，它们正值花期，比低地的同类植物晚开花了两个月。我今天还看到了几株耧斗菜。大多数蕨类现在都处于生长旺期，比如阳坡上的碎米蕨、旱蕨和裸子蕨，溪流两岸的狗脊、鳞毛蕨和岩蕨，以及沙地平原上常见的欧洲蕨。在这里，就算最普通的欧洲蕨也显出极蓬勃的生命力，葱茏的美感令植物学家赞叹不已。我测量了罕见的几株

《灌木罂粟》

1925 年，玛丽·沃克斯·沃尔科特 绘

选自玛丽·沃克斯·沃尔科特《北美野花图鉴》

华盛顿：史密森学会出版社，1925 年

完全成熟的欧洲蕨，发现其高度在 7 英尺以上。它虽然是分布最广、最为平常的蕨类植物，但我之前却没怎么见过。它的叶片像宽阔的肩膀，高高地生长在光滑、粗壮的茎上，密集交错，形成一块完整的天花板。在它的掩护下，人们可以在数英亩[1]的范围内直立行走却不被发现，就好像头上有屋顶在提供遮蔽。阳光透过绿叶搭就的天花板，将拱形的枝杈和叶脉照得一清二楚，它仿佛由无数淡绿和明黄的碎玻璃拼接而成，多么柔和而可爱！如此平凡的植物，却造出了这样一片仙境。

这里的小动物就像在热带雨林中一样，自由自在地四处游荡。我看到有一整群羊隐没在丛林的一侧，不久后又在 100 码外的另一侧出现，只有颤动的叶片隐隐透露着它们的行踪。奇怪的是，即使有动物在穿行，那些粗壮的木茎却很少被折断。我在最高的叶子下面坐了很久，在此之前，我还从没享受过叶下乘凉的野趣。原来只要有一片绿叶遮阴，世俗的烦恼就会一扫而净，取而代之的是自由、美好与宁静。一棵松树摇曳在山巅，好似大自然手中的魔杖，所有虔诚的登山者都知道它的魔力。但这种被苏格兰人称为"蕨"的植物却生长在僻静的山间，它奇妙的美又得到过哪位诗人的赞颂呢？这些植物的魅力应是难以抗拒的，哪怕是个忧虑缠身的人，也免不了要被这神圣的蕨类森林所吸引。但今天我却碰到了例外，一位牧羊人在穿过一片最美的丛林时，全

---

[1] 1 英亩约为 0.40 公顷。

《欧洲蕨》

1857年,亨利·布拉德伯里 绘

纽约公共图书馆

心倾注在它的羊群上。我忍不住问他："你觉得这些了不起的蕨类如何？"他却回答："噢，我只觉得这些东西很碍事。"

这片森林还是各路蜥蜴的家园，它们习性各异，多姿多彩，和林中的鸟儿与松鼠一样快活而友善。它们虽平凡，却温驯谦和，在天赐的阳光下努力生存。我喜欢观察蜥蜴谋生和嬉戏时的样子。它们很亲人，如果长时间凝视它们美丽而纯洁的双眼，就会慢慢喜欢上这种动物。它们也很容易被驯服，还能踩着滚烫的岩石一路飞奔，像蜻蜓一样迅捷的身手也招人喜欢。我的目光很难跟上它们，但它们也从不会长时间奔跑，通常只能跑个 10~12 英尺，然后猛地停下，又突然再次起跑。它们完全要靠这种冲刺的方式来行进。通过观察，我发现这种多次的暂停是一种必要的休息，因为它们耐力很差，如果一直被追赶，很快就会喘不过气来，然后很容易被捉住。蜥蜴的尾巴虽然占了身体的一大半，但却很灵活，既不会成为沉重的负累，也不会笨拙地蜷曲起来，阻碍身体的行动。相反，蜥蜴可以根据自己的需求灵活地控制尾部。它们有的呈天蓝色，像蓝鸲一样鲜艳明亮；有的则比较灰暗，在捕食和晒太阳时与周围苔岩融为一体。就连平原上的角蟾也是温和、无害的。那些长得像蛇一样的动物也是如此，它们的行进方式和蛇完全一样，都是曲折滑行，但不甚发达的细小四肢却只能拖在后面，像无用的附属品。我近距离观察过一只 14 英寸长的此类生物，它的四肢像嫩芽一样柔软，从没派上过用场，它只是像蛇一样机灵地摆动身体，优雅地滑行。忽然，我身边跑来一只灰扑扑的小家伙，就像认识我似的，对我非常信任，在我脚边跑来跑去，狡猾地仰望我的脸。一旁的卡洛看着看着，忽然朝它飞扑过去，可能只是为了好玩吧。但那只小蜥蜴却像箭一样从卡洛的爪下飞了出去，躲进了灌木深处。这些温柔的蜥蜴，它们是龙的后裔，来自古老而强大的种族，愿上天保佑，使其可爱广为人知吧！大多数人还不知道，它们虽长满鳞片，却与挥动羽翼的鸟儿、毛茸茸的小兽和穿衣戴帽的人类并无二致，都是温柔而可爱的。

淘金的矿工经常在这里发现乳齿象和大象的骸骨，由骨骼状态可知，它们在并不遥远的地质年代曾于此生活。而到了现在，这里的熊类就有两种以上，除此之外还有加州狮或黑豹，以及野猫、狼、狐狸、蛇、蝎子、黄蜂和狼蛛。不过有时候，我们也不得不向当地那种小而凶悍的黑蚁低头，把它奉为这广阔山间的霸王。这些小恶魔不知疲倦，无所畏惧，四处游荡，虽然身长只有四分之一英寸，却比我认识的任何野兽都更热衷于撕咬和战斗。它们会攻击家园附近的所有生物，而且据我所见，这种攻击往往没有任何缘由。其状似冰钩的卷曲下颚就占了身体的一大半，用这与生俱来的武器去战斗似乎就是它们最大的目标和乐趣。它们的巢穴通常建在部分腐烂或中空的栎树上，因为在这些地方筑巢比较方便，也可能是因为此类居所适合抵御风暴或其他动物的侵袭。它们不舍昼夜地工作，一会儿爬进黑暗的洞穴，一会儿爬上高耸的树木，凉爽的峡谷和烈日下的山脊都是它们的猎场。它们无法飞上天空，也不会下水游泳，但此外的所有角落都留下了它们的足迹。在从山脚处到海拔一英里的范围内，任何风吹草动都逃不过它们的眼睛。一旦有了新情况，它们就会以不可思议的速度将消息传开，但我们却听不到蚁群丝毫的骚动。我不明白它们为什么要如此凶猛好战，这似乎不合常理。确实，有时它们要为保卫家园而战，但这战场实在是无处不在，凡是咬得动的，它们统统不会放过。一旦发现了人或动物身上的软肋，它们就会昂首挺胸，把下颚扎进去，就算粉身碎骨也绝不松口。一想到这种凶猛的动物还广泛而顽强地分布在世界各地，我就觉得在世界播撒爱与和平的工作仍然任重道远。

几分钟前，我在回营路上看到了一棵死掉的松树，直径接近10英尺，从上到下都烧焦了，现在就像一块巨大的黑色纪念碑一样立在那里。这棵高大的枯树也是一群大型黑蚁的栖身之所，它们在树上费力地开凿隧道，构筑巢穴。无论是完好的木质还是腐朽的地带，统统没能幸免。树下堆着被蚂蚁啃下来的锯末状木屑，从木屑堆的大小来看，整个树干应该已经被啃成蜂窝了。相比它们那些凶猛好战、气味浓烈的同类，这种大蚂蚁看起来举止更温和，但还是会在必要时迅速投身战斗。它们通常会将家园建在横倒或直立的树干上，但从来不会去破坏活着的健康树木，也不会在地下打洞。如果你碰巧在蚁穴边坐下休息或记些笔记，就一定会被游荡在外的觅食者发现，它会小心翼翼地接近你，对你探查一番，然后再采取适当的措施。如果你离蚁穴比较远，而且一动不动，它可能就会在你脚上来回爬上几遭，顺着你的裤子往上，爬到你的腿上、手上和脸上，就像在打量你的全貌。若确定没有危险，它就安然离去，不发出警报。但如果你身上有什么引起了它的兴趣，或者做出了刺激到它的可疑动作，它就会咬上你一口，咬得特别疼！我觉得就算被熊或者狼咬上一口，也比不上这一下。这种痛感会如电流般快速传递到激动的神经，你将第一次发现，自己的感官竟如此敏锐。突如其来的剧痛会让你陷入片刻的恍惚，等回过神以后，你先是忍不住尖叫，然后抓起这个小东西，茫然地盯着它。好在如果足够小心，一个人一辈子最多也就被咬上一两次。这种神奇而凶暴的生物长约四分之三英寸，它们是熊最喜欢的食物。熊会把它们筑巢的树木扯成碎片，啃得干干净净，粗暴地把蚁卵、幼虫、成虫和或腐烂或完好的木头混在一起大快朵颐。老一辈登山者和我讲过，掘食族印第安人也很爱吃这种蚂蚁的幼虫，甚至连成虫都吃。他们先把其头部咬掉，然后津津有味地享受那带着酸味的躯体。所以，就像大自然中大大小小的生灵一样，这可怜的啃食者终究也要被他人啃食。

此外，这里还有一种红蚁，体型介于上述两种蚂蚁之间。它们活泼好动，看起来又聪明又漂亮。其巢穴通常藏在地下，上面覆盖着一大堆果壳、树叶和稻草等。它们主要以昆虫、叶片、种子和植物汁液为食。由此可见，大自然要哺育的孩子还真不少，与我们为邻的伙伴也有很多，而我们对它们所知甚少，也通常与之互不干扰。再想想那些无穷无尽的更小的生物吧，我们用肉眼甚至看不到它们，在它们眼中，最小的蚂蚁也像乳齿象一样大。

6月14日

飞泻而下的湍急水流形成了这里的瀑布，以及瀑布下的水潭。水潭清澈见底，没有任何杂质。有些较重的物质也随水流一同落下，在前方不远处堆成了一个堤坝，再加之侵蚀的作用，水潭的面积越来越大。然而，每到春季汛期，积雪融化，上游支流的水量剧增，河水的咆哮声从河岸一路传到山坡，此时的水潭就换了番样子。夏日和冬日里，相对平静的河水无法推动落入河道的巨石。但到了春天，巨石就像被一把充满神力的扫帚打入了瀑布下的水潭，和前方的堤坝堆在一起，共同筑成了一个新坝。体积略小的圆石则随河水继续向前漂流，这些石块形状各异，停留的位置也远近不一，但最终都会找到一个能让它们抗住水流的落脚点。不过，瀑布、水潭和堤坝三者之间最大的变化并不是由一般的春汛造成的，而是由不定期暴发的洪水所致。因洪水而堆叠起来的巨石上还长着树木，从这些植物可以推知，最近的一次暴洪发生在约一个多世纪以前，它将所有能推动的东西统统唤醒，使它们随着水流旋转、舞动，完成了一次奇妙的旅行。这样的暴洪可能发生在夏季，倾盆的暴雨落在广阔而陡峭的流域，条条小河交汇在一起，刹那间将雨水都送入干道，形成极汹涌的暴洪，尽管这洪流过不了多久便会平静下来。

离我们营地最近的瀑布脚下就有一块巨石,它被远古的洪水冲到水潭的堤坝下缘,稳稳矗立在河道中央。它是一块高约 8 英尺,近乎立方体的花岗岩,顶部和侧面的最高水位线以上的位置铺满苔衣。今天,我爬到上面躺了一会儿,发现这里是我见过的最浪漫的地点。这块巨石的顶部平坦而覆满苔衣,侧面则是光滑的。它方方正正地挺立在河中,坚定而孤独,就像一方祭坛,上方的瀑布流经此处,泛起细细的水花,轻柔地拍打着石块,刚好滋润着上面的苔藓。下方清澈的碧潭激起泡沫,百合花围成半圆,像一群仰慕者倾身向前。阳光透过山茱萸和赤杨树的枝叶,形成一条明亮的拱廊。在这片绿叶搭就的半透明穹顶下,我是多么惬意而清凉!身旁的流水演奏着动听的旋律——瀑布的低音交织着浪花的轻吟,滑过巨石的水流绵绵不绝地发出细碎而低沉的声响。由数不清的石子铺成的蕨类繁茂的河床倒映着粼粼的波光。一切美好景致和动人旋律都藏在这小小的幽静空间里。这里就像一片圣地,等待神明的光临。

天黑后,营地渐渐安静下来,我摸索着回到那座祭坛般的巨石,在石头上过了一夜。头顶是星光和绿叶,身下是潺潺的流水,一切比白天时还要动人。瀑布泛着朦胧的白光,以庄严的热情唱着大自然的古老情歌。星星透过树叶穹顶的缝隙窥探拱廊的美景,似乎想与瀑布合唱。无论白天还是夜晚,这里的良辰都将成为我不灭的回忆。感谢上天赠予我永恒的礼物。

6月15日

又是一个神清气爽的早晨。阳光洒在绵延的山坡上，为觉醒的松树染上金灿灿的色彩，每根针叶都闪动着光芒，所有生命都满载着欢乐。知更鸟在赤杨和枫树上歌唱，古老而熟悉的旋律几乎传遍了我们生活的乐土，在无数个春夏秋冬为我们带来喜悦和甜蜜。它们在山谷中快乐地生活，就像在农夫的果园里一样舒适自在。除此之外，这里还有布氏拟鹂、路易斯安那唐纳雀和大批黄鹂，以及其他像吟游诗人一样在山间歌唱的小鸟，它们现在大多在忙着筑巢。

我还在山里发现了另一棵直径 6 英尺的金杯栎，一棵直径 7 英尺的花旗松以及一株紫灯韭。紫灯韭茎长 8 英尺，上面还开着 60 朵玫瑰色的花。

糖松的松果呈圆柱形，末端稍细，底部圆润。我今天找到一颗松果样本，长 24 英寸，直径 6 英寸，果鳞已经张开；另一颗样本长度则在 19 英寸左右。如果糖松的生长位置合适，其成熟松果的平均长度一般接近 18 英寸。在海拔约 2 500 英尺的松林带下缘，其松果一般较小，长度大约在 12~15 英寸之间。同样，在海拔较高的地区（从海拔 7 000 英尺处到糖松在约塞米蒂生长的海拔上限），糖松的松果基本也这么大。这种高大笔挺的松树不断激发着我的研究兴趣，也是我不竭的欢乐源泉。它硕大的松果如流苏一般，100 多英尺的树干笔直而浑圆，上面连一根分枝都没有，树皮则泛着漂亮的紫色。它长长的羽状枝条向外展开，微微下垂，整棵树如一顶王冠，永远那么美丽夺目、令人神往，让我忍不住久久凝视，怎么也看不厌。从外观和生长习性来看，糖松和棕榈树有些相似，但我还未见到哪一棵棕榈像糖松那样，一举一动都透着威仪——无论是在阳光下若有所思地默默矗立，还是在暴风中狂乱地摇摆，颤动起每一根针叶。在幼龄期，糖松的外观和大多数针叶树没什么不同，都是笔直而规则的。但到50~100岁时，这些树便开始呈现自己的特征，所以壮年或衰老的糖松通常形态迥异。每一棵糖松都值得认真欣赏。我为其画了很多素描，但遗憾的是，我没法细细地把每根针叶都描摹下来。据说这种树可以长到 300 英尺，尽管我测量过的最高一棵也还不到 240 英尺。树干底部的最大直径约为 10 英尺，不过我听说有的可以达到 12 英尺甚至 15 英尺左右。即使在很高的位置，糖松树干依然非常粗壮，直径的变化几乎无法察觉。糖松周围往往会有黄松与之作伴，二者的直径和高度几乎不相上下。树龄不大的黄松长着修长的银白色针叶，在松枝顶端和向上生长的枝条末尾形成一把漂亮的圆柱形刷子。风从某个特定角度将所有松针都吹到同一方向时，整棵树就会化身一座白塔，燃烧着跳动的火焰。或许应该给它改名叫"银松"。其松针长度有的能达到 1 英尺以上，几乎与佛罗里达的长叶松不相上下。黄松与糖松差不多大，其木质甚至更加坚固耐用，可它在外观和生长习性方面却不像糖松那么有特色。它的尖顶形状规则，与其他松树并无两样，较小的松果在松针中死板地挤在一起。如果世界上没有糖松，那么黄松可能就会在八九十种松树中脱颖而出，成为最光彩夺目的松中之王，为世人歌颂敬仰。哪怕它们只是人造的雕塑，也一定会是高贵的艺术品！而实际上，它们的每一条纤维、每一个细胞、每一根闪闪发光的银色枝条，都蕴含着无穷的生命力，令人为之悸动。它们是植物世界的神明，在天地间傲然挺立上百年之久，以雄伟的身姿仰望天堂，接受一代代人的凝望、热爱与景仰。而除了糖松和黄松以外，这里还有很多其他种类的树木，如甜柏、花旗松、银杉和红杉，它们也在阳光下闪耀着璀璨的光芒。在这片山区里，在我们目之所及的广阔林地中，竟蕴含着如此丰厚的自然遗产，这何尝不是上天的眷顾！

日落了，西方的天幕绽放出绚丽的光辉，让整个大地焕然一新。远处的树木若有所思地静立在派勒特峰山脊，映照着夕阳的余晖，就像在接受落日的告别，营造出了一种庄严肃穆的氛围，仿佛太阳与树经此一别便永不相见。日光褪去，黑夜打破了色彩的魔咒，只剩星空下的森林在夜风中自由呼吸。

6月16日

今天早上，布朗平原上的一个印第安人神不知鬼不觉地闯进了营地。我当时正坐在石头上翻看我的笔记和素描，一抬头就看

《糖松,叶子、松果和种子》

艾尔默·伯克·兰伯特 绘

纽约公共图书馆

见了他，吓了我一跳。他离我只有几步之遥，阴沉着脸，一言不发，一动不动，一副饱经风霜的样子，就像一个杵了几百年的老树桩。好像所有印第安人都学会了这种神不知鬼不觉的步法，就像我在这里观察到的某些蜘蛛一样。那些蜘蛛受到惊吓时就会迅速移动，倘若有只鸟落进了它们结网的灌木丛，它们就会立刻在自己弹力十足的蛛丝上跳来跳去，速度快得只能看到一个模糊的影。荒野的印第安人同样具备隐形的本领，即使他们几乎或完全无处可藏，也能避开他人的视线。可能是因为需要在狩猎时悄悄接近猎物，在战斗中出其不意地袭击敌人，或在不得已时安全离开，他们在艰苦的实战中慢慢习得了这项本事。这种经验经过多代的传承，最终内化成了一种所谓的本能。

周围的群山表面看起来相当平滑而单调。羊群活动范围之外鲜少有别的足迹，只有溪流两岸的小片空地和林木稀疏的地方才能找到一丝踪迹。在地势最平整的开放地带，有小鹿留下的足迹，也有熊的大脚印，它们和其他小动物的足印混在一起，稀疏地印在地上，像一种轻巧的线缝装饰或刺绣图案。沿着主脊和较宽的支流还能发现印第安人的行踪，但脚印很浅，不易察觉。没人知道印第安人在这片森林中游荡了多少个世纪，或许在哥伦布还没有踏上新大陆的时候，他们就早已在此徘徊。但奇怪的是，他们并没有在林中留下更深刻的印记。印第安人脚步很轻，对自然景观造成的破坏甚至还比不过鸟类和松鼠，他们用灌木和树皮搭成的小屋还不如林鼠的巢穴坚固耐用。诚然，他们曾为方便狩猎而放火烧林，但除此之外，他们留下的那些更持久的遗迹在几百年后便消失得无影无踪。

与之形成鲜明对比的是大部分白人，尤其是淘金者在低地的所作所为。他们炸山开路，修建堤坝，改变河道的走向，将其引到峡谷和山谷两侧，让自由的流水变成矿山的苦役工。被驯服过的河流越过道道山脊，踩高跷一般地在长长的引水渠上奔流，或在山谷与丘陵间上下穿行，在铁管里暗无天日地流动，冲刷、侵蚀着山体的表面，将所有蕴含金矿的沟壑与平原破坏得千疮百孔。这些都是疯狂的白人在短短几年内留下的痕迹。他们还沿山脉两侧数百英里，留下了磨坊、田野和村庄。的确，大自然有强大的自愈力，可以重新植树造林，孕育新生，清除废弃的堤坝和水道，磨平石堆，耐心地治愈每一条裸露的伤疤，但这个过程往往需要很长时间。淘金热已经过去，矿工们也已经白发苍苍，不复当年的狂热，在各处的废弃矿坑中糊口度日。出于运转需要，石英厂仍在继续地下开采，雷鸣般的爆破声还在持续，但与几年前那群拿着镐和锹，大肆开矿的人相比，现在的开采工作对风景的影响可以说是微乎其微。好在内华达山脉的金矿主要集中在山麓地区，我们营地附近仍保持着原始状态，海拔较高处还覆盖着积雪，和天空一样无人染指。

昨天的天空中还飘浮着几团山丘和圆顶似的云朵，今天却是万里无云。阳光格外明亮而稀薄，温暖宜人。大自然的脉搏在春天跳动得最为有力，此时，平和的气候就是山区最大的魅力。夜幕降临，有清风从山顶吹来；到了白天，来自大海、平原和低地丘陵的微风又如轻柔的呼吸缓缓拂过山间。这是一种极致的静谧，连叶子也一动不动，山里的树木如果有灵，恐怕也讲不出什么与风有关的回忆。

羊和人一样，一旦饿狠了就难以自控。它们就像一群长了蹄的蝗虫，除了我把守的那片百合园，营地附近一两英里内的所有叶子都被它们啃光了，连灌木丛都没能幸免。尽管有牧羊人和狗看守，但羊儿们还是四处乱跑，在扬尘中消失得无影无踪。恐怕有的已经跑丢了，我们原来一共有16只黑羊，现在却少了一只。

6月17日

今天早上，我趁绵羊从狭窄的羊圈口一只只蹦出来的时候，大致清点了一下数目。300多只羊不见了。因为牧羊人不能去找，所以只好我去。我在腰带上别了一块干面包，和卡洛一起爬上派勒特峰。虽然此行是为了寻找跑丢的笨羊，但我却度过了美好的一天。这趟行程也并非一无所获。我看见一道奇特的光在地平线附近盘旋，光线泛白而微弱，和蓝色的高空融为一体，类似极光冕。天空中只飘着几缕淡淡的浮云，像梳理过的丝绸。我径直奔向了羊群往日活动的边界，在附近兜了几圈，终于发现了离群的羊的踪迹。它们的脚印沿着山脊，一路通往远处一片开阔地带，四周环绕着藩篱似的美洲茶。卡洛明白我要做什么,急切地循着气味跑去,终于找到了走失的羊群。这些羊怯生生、静悄悄地挤在一起,显然,从昨天晚上到今天中午,它们一直待在这儿,也不敢出去觅食。和有些人一样,它们就算摆脱了束缚,也会为自由感到惴惴不安、无所适从,反而乐意回到熟悉的牢笼。

6月18日

今天早上的景致依然震撼人心,这里简直是世界上最美的地方。我曾读过很多描写天堂的文字,也从别人口中听过类似的描述,但它们都远比不上眼前的景象。午时,蔚蓝的天空中点缀着丝丝缕缕的白色薄云,显得格外精致。

高高的山脊和山顶还没有遭到过羊群的侵略,那里长满了山薄荷、仙女扇、金鸡菊和高高的草丛,其中有些植物长得很高,随风摇摆的样子如同松树一般。这里还有羽扇豆,其中很多都没有明确的分类,它们大多已经枯萎。许多菊科植物也开始凋谢,绚烂的花冠慢慢消失成蓬松的冠毛,如同隐没在薄雾中的星辰。

今天,我们营地又接待了一位来自布朗平原的客人——一个背着篮子的印第安老妇。她和第一位村里来的客人一样,神不知鬼不觉地进了营地,等我们发现时,她就站在我们跟前。我都不知道她悄悄盯了我们多久,连狗都没发现她溜了进来。我觉得她可能要到那片野地里采些羽扇豆和含淀粉的虎耳草叶片与根茎。和这里的小动物一样,她依靠大自然的馈赠生活,但不同的是,她穿的是又脏又破的印花衣裳,怎么看都不如大自然里的动物那么干净漂亮。说来奇怪,反倒只有人类会显得肮脏。如果她穿着皮毛,或套着草木织成的衣裳,比如披上刺柏或甜柏的叶子编成的席子,那她可能会和这片荒野更相称些,至少能扮成一头好看的狼或者熊。有的时候,这里也会迎来一些观光的游客,他们衣着靓丽,却惊扰了鸟儿和松鼠,在我看来,那些衣衫褴褛的印第安人和外来游客一样,都是与自然格格不入的存在。

6 月 19 日

一整天都阳光明媚。斑驳的树影落在石上,把它装点得多美丽!格外清晰的是金杯栎的叶影,任何艺术作品都无法诠释它的优雅与精致。它时而静止不动,像留在石头上的画作;时而轻盈滑动,好似害怕发出噪声;时而翩翩起舞,仿佛在跳华尔兹;时而在洒满阳光的岩石上欢快蹦跳,就像浪花在海边悬崖上编织的锦绣。这种光影之美是多么真实、厚重,又多么高贵奢华、富于变化!大朵的橙色百合也舒展着闪耀的叶片,绽放出绚丽的花。它们高雅的姿态呈现出一种完全的健康,不愧是大自然的宠儿。

6月20日

　　今天早上，有几只笨羊让灌木丛给缠住了，就像被蜘蛛网粘住的苍蝇似的，只能等着我们来救。卡洛发现了受困的绵羊，还试着用最简单的方法把它们救出来。狗真是比羊聪明多了！卡洛就是我们最亲切的朋友和最可靠的帮手，也是圣伯纳犬家族的荣耀。

　　空气中弥漫着香脂、树脂和薄荷的气味，每一口芬芳都是上天赐给我们的礼物。谁能想到这荒山野岭竟然暗香浮动，满眼都是美好的事物。我们仿佛置身于一座雄伟的圆顶亭阁，里面正呈现着一场全方位的感官盛宴——美景纷呈，香气扑鼻，另有不绝于耳的天籁，所有布景和表演都那么生动有趣，令人感觉不到片刻的枯燥。上帝似乎永远偏爱这片土地，就像一个热爱工作的凡人，费心布置这里的一切。

6月21日

　　沿河漫步，来到我的百合园。这些荒野上的百合堪称完美，让我永远为之折服和赞叹。它们扎根在潭边变质板岩的凹陷处，那里霉菌积聚，水分充足，又不会受到洪水的侵袭。百合叶子围绕着高大光洁的茎秆，每一片都如花瓣一样精致。在大自然的精心安排下，它们接受着最适宜的光线和热量，其上方倾斜的树枝也能起到调节和过滤作用。无论午时的暴风雨多么猛烈，它们都能得到安全庇护。百合之下是灰藓铺就的地毯，边缘围绕着蕨类植物，上面还点缀着紫罗兰和雏菊。周遭的一切都和百合本身一样清新甜美。

今天天上只有一朵云，像一座孤零零的白色山峰，但光影赋予了它丰满的形态。云山巨大的圆顶、凸出的山脊以及夹杂其间的山谷与峡谷，都呈现着缤纷的色彩，美得难以言喻。

6月22日

云彩多得反常。除了定期出现的积雨云之外，还漫布着薄雾般的云朵，铺满了大半个天幕。

6月23日

在广阔无垠的山间，日子变得格外宁静，让人既想努力工作，又想多多休息！每一天，在阳光的照耀下，万物都同样神圣，仿佛无数扇天国的窗户被打开了，向我们展示上帝的光辉。筋疲力尽的人只要在山间度过一日，接受过这神圣的祝福，就不

《康乃馨,百合,百合,玫瑰》
1885—1886 年,约翰·辛格·萨金特 绘
泰特美术馆

会被疲惫打倒，无论其长寿还是短寿，一生平和或是命途多舛，都能永远感到富足。

6月24日

今天一如往常，天气多云，雷声阵阵。牧羊人比利正被羊群搞得头痛不已。他愤愤地抱怨，这群羊简直坏得空前绝后，还说不管丢了多少只，他都不会再找，因为找回来一只，可能又要弄丢十只。追捕任务就只好落到我和卡洛头上。比利那只名叫杰克的小狗也惹了不少麻烦，它每天晚上都会离开营地，上山去找布朗平原上的伙伴。杰克是一只卷毛杂种狗，长相普通，但尤其热衷于爱情和战斗。它弄断了所有拴住它的绳索和皮带，它无计可施的主人比利，只能一次次爬上灌木丛生的山头把它拖回来，用杆子把它拴在一根粗壮的树苗上。但杰克却把这根杆子当成了杠杆，在夜里不断地扭来扭去，把系在小树苗一端的绳子给磨断了。然后，它又像往常那样拖着杆子穿过灌木丛，并安全到达了印第安人的定居点。比利跟着它上了山，毫不留情地打了它一顿，还恶狠狠地发誓说，明天晚上一定要"教训一下这个昏了头的家伙"。果然，第二天，他无情地将沉甸甸的铸铁烤锅的盖子系在了杰克的项圈上，那铁盖子几乎和它一样重，让这可怜的小家伙动弹不得。它只能无精打采地站到天黑，没法东张西望，连躺也躺不下，只能把前爪伸到铁盖上，把头埋在两爪之间。然而，还没等天亮，我们就听到远处的高地上传来杰克的嚎叫，看来铁盖也没什么用。它肯定在用后腿直立行走，或者说，用后腿爬上了山，前肢则紧紧抱着沉甸甸的铁盖，就像用盾牌挡在胸前一样，以全副武装的姿态迎战对手。结果第二天晚上，比利把杰克、铁盖连带其他东西一起扔进一个装豆子的旧袋子里捆了起来，这下它终于没法往外跑了，愤怒的比利终于获得了胜利。离家之前，杰克被响尾蛇咬伤了下颌，接下来的一周左右，它的脑袋和脖子肿成了原来的两倍多。尽管如此，它还是像从前那样活蹦乱跳，如今已经完全康复了。先前，它的喉咙因中了蛇毒而肿痛不已，我们便强行将一两加仑的牛奶顺着喉咙给它灌了下去，这也是它接受过的唯一治疗。

6月25日

尽管这片壮丽的山谷只是放羊的营地，但对我来说，它已经成了一个日渐温馨的家，日后离开时，我一定会万分不舍。目前为止，百合园还很安全，没有遭受羊群的践踏。我也打心底里同情那些可怜的羊儿，它们满身灰尘，狼狈不堪，总是饥肠辘辘的，每天都要长途跋涉数英里，才能吃掉15~20吨的灌木和青草以填饱肚子。

6月26日

　　以纳托尔命名的山茱萸在开花时呈现出精彩的视觉盛宴。其总苞直径为6~8英寸，盛放的花朵让整棵树洁白如雪。它长在溪边，体积较大，高30~50英尺，周围如果没有其他树木争夺空间，其树冠可以长得非常宽大。它那美丽动人的总苞吸引了大批飞蛾、蝴蝶等带翅的伙伴，我想它们应是互惠互利、和谐共生的。这种植物最喜欢水源充足的地带，与赤杨、垂柳和三角叶杨一样善于吸水。虽然它们也常常生长在远离溪流、松林覆盖的阴凉山谷中，但往往身形较小，长在河边的则更加茂盛。秋天到来时，它们的树叶逐渐成熟，呈现出迷人的红色、紫色或淡紫，比鲜花还要漂亮。山坡阴面还有另一种长势旺盛的灌木，可能是无柄山茱萸，它的叶子也是羊群的口粮之一。

　　此时，远处出现几道闪电，雷声接踵而至，还伴随着隆隆的回响。

6月27日

　　在通往派勒特山顶的凉爽山坡上，生长着很多加州榛。它们有着奇特的魅力，在我们祖先曾生活过的凉爽地带，也生长着与之类似的橡树和荒地植物，也许正因如此，我们才对这种植物心

《山茱萸》

1925 年,玛丽·沃克斯·沃尔科特 绘

选自玛丽·沃克斯·沃尔科特《北美野花图鉴》

华盛顿:史密森学会出版社,1925 年

生喜爱。加州榛高 4~5 英尺，叶片柔软，覆有绒毛，手感极好，印第安人和松鼠都热衷于收集上面结出的美味榛果。和往常一样，今天正午的天空中也装点着雪白的云团。

6月28日

温暖宜人的山间夏日，耀眼的阳光刺激着每一根神经。松树和冷杉新发的针叶基本已经成熟，闪烁着华丽的光芒。蜥蜴在发烫的岩石上闪来闪去，有些生活在营地附近的蜥蜴已基本不再怕人，它们对我们的一举一动都非常关注，只是好奇地看着，完全不怕受到伤害，有时也会回过头来，摆出各种可爱的动作。它们又温柔又单纯，还长着一双美丽的眼睛，等到离开营地那一天，我一定舍不得与它们分开。

6月29日

我这几天一直在观察一只奇特的小鸟，它常常出没于瀑布或湍急的河流干流附近。尽管这种鸟依水而生，从不离开溪流附近，但从身体结构来看，它并不属于水鸟。它没有蹼，却能为了到河底觅食而勇敢地扎进旋涡急流之中，像鸭子和潜鸟一样用翅膀在水下游泳。有时它也会在浅水区漫步,时不时将头猛探入水中,一上一下,活泼可爱的样子引人注目。其体型和知更鸟相近,羽翼短小而利索,既能在水下游泳,也能在空中飞翔。由不大不小、微微上翘的尾巴和点头的方式来看,它像是鹡鸰。它通体是蓝灰色的,头和肩带了些许棕色。它像鹡鸰一样有力地拍动翅膀,在瀑布和急流间穿梭,沿着曲折的河流飞翔。通常,它会在探出水流的岩石或搁浅的树桩上休憩,偶尔也会在悬垂的树枝上选择干燥位置落脚,只要条件合适,它也会像普通鸟类那样在树上歇息。除此之外,这只鸟的动作也相当奇怪,但也极其优雅,甚至还有些忸怩。它还会唱歌,歌声清亮悦耳,如歌鸫一般,略低的音调也不那么喧闹。相比于它活蹦乱跳的举止,这样温和低沉的歌喉难免让人感到意外。这只小鸟的生活该有多么浪漫啊!它栖息于最美丽的河段,享受着温宜的气候、凉爽的树荫、清冽的河水和水雾,足以消解夏日的暑热。它整日都听着流水弹奏的乐曲,怪不得会成为出色的歌手。这个小诗人呼吸的每一口气都是歌曲的一部分,因为瀑布和急流周围的空气也化作了乐章。早在破壳而出之前,包裹它的蛋壳就已经开始与瀑布共振,帮它完成了声乐的启蒙。我到现在还没找到它的巢,但肯定在溪流附近,因为它永远伴水而生。

6月30日

今天天气半阴半晴，云朵柔软亮泽，纯白无瑕。绸缎般的天空下，派勒特山顶密密麻麻的高大松树被勾勒成了6英尺大的精致模型。今日云量不多，没有降水。至此，难忘的6月就要结束了，它就像一条美丽不可方物的河流，宁静而欢乐，如四射的阳光与河海的潮汐一样不会被历法所划分。每天早上，当我从沉睡中醒来，那些欣欣向荣的植物、形形色色的动物朋友，甚至是岩石都仿佛在呼唤着："醒来吧，醒来吧！狂欢吧，狂欢吧！快来爱我们，和我们一起歌唱吧！来吧！来吧！"这片营地是如此宁静而浪漫，迷人而平和，回顾过去，这个6月似乎是我经历过的最好的时光，我感受到了最纯粹、最神圣的自由，无边无垠，成为永恒不朽的存在。这里的一切都同样崇高，上苍用仁爱为其加上柔和、纯净而又不失野性的光芒，无论过去和未来如何，这种光芒将永远纯洁无瑕、熠熠生辉。

7月1日

时值盛夏，大批种子纷纷离开花托与果荚，寻找最终的归宿。有的种子直接在父母身边扎根，有的则随风飞向远方，混在陌生的邻居中。大多数雏鸟已经羽翼丰满，可以离开巢穴，但亲鸟还是在继续看护它们，为其提供食物、传授技能。如此看来，鸟儿的家庭生活真是美满，怪不得会受到所有人的喜爱！

我也喜欢观察松鼠。这里有两种松鼠：较大的加州灰松鼠和道格拉斯松鼠。后者是我见过的最聪明的松鼠，它们是炽热的生命火花，尖锐的脚趾会刺痛每一棵树。它们集山林的勇气与活力于一身，像一道阳光永远健康而明亮。很难想象这样的动物也会疲倦、患病。它们似乎把群山看作自己的地盘，打一开始就想把羊、狗和人类统统赶走。这小东西甚至会骂人，瞧它们用眼睛、牙齿和胡须做出的表情！幸亏它们小得可爱，不然一定会是可怕的家伙。我想多多了解它们的成长，了解它们一年四季在树洞和树顶的生活。但奇怪的是，我到现在都没有找到过幼鼠的巢穴。道格拉斯松鼠与大西洋沿岸的红松鼠是近亲，它们可能是经由北方的大片森林迁徙至大陆这端的。

加州灰松鼠是最漂亮的松鼠之一，若没有道格拉斯松鼠，它们就是我们毛茸茸的邻居里最有趣的一类。它们的体型是道格拉斯松鼠的两倍大，但在森林里劳作时，其散发的活力和造成的影响远不及后者，在枝叶间穿行时的动静也比它们的小兄弟更小。除了我们的狗以外，我还没听到它们冲谁吠叫过。觅食的时候，它们总是静悄悄地在树枝间灵巧穿行。因为今年的松果还没熟，它们就去检查去年留下的松果，找一找果鳞里残存的松子，再到地面的落叶里搜集一番。它们的尾巴时而在身后晃荡，时而翘到头顶，时而平放下来，抑或优雅地弯成一团卷云。虽然它们的工作劳顿颇多，但毛发却像蓟花一样干干净净、闪闪发亮。它们的整个身体似乎都和尾巴一样蓬松而灵巧。体格较小的道格拉斯松鼠个性暴躁、自负、好斗，很爱显摆，迅猛的动作让围观者为之一振。它那滑稽的旋转动作足以把人绕得头晕目眩。相比之下，加州灰松鼠就更内敛些，行动通常比较隐蔽，仿佛每棵树、每片灌木乃至每根木头都可能是敌人的藏身之处。显然，它们只喜欢独处，完全不想引人注目，也无接受他人钦佩或惧怕的打算。印第安人有时以加州灰松鼠为食，这是它们保持警惕的原因之一，更何况它们还要躲避鹰、蛇和野猫等天敌的攻击。在食物充足的树林里，它们会穿过茂盛的灌木，越过匍匐的大树，到水池边喝水。炎热干燥的天气里，它们每天几乎都在同一时间到心仪的水池边饮水。这些水池据说是被重点监视的地点，男孩们尤其喜欢拿着弓箭埋伏在这儿，悄无声息地猎杀它们。不过，松鼠的世界虽然危机重重，它们仍在快乐地活着，这些小生灵是森林的宠儿，永远也不知疲倦。在我看来，它们是大自然中最有野性的动物。愿我们能与它们互相多些了解。

营地南面有一个长满灌木丛的山坡，那里是无数鸟儿的家园，也是林鼠的栖居地和藏身处。林鼠是一种漂亮而有趣的动物，走到哪儿都能吸引人们的注意。它们虽是老鼠，但看起来更像松鼠，体型比老鼠更大，长着细密厚实的青灰色软毛，腹部则为白色。它们半透明的耳朵又大又薄，圆溜溜的眼睛温柔而清澈，细长的脚爪像针一样尖利。它们四肢强壮，和松鼠一样擅长攀爬。没有其他松鼠和老鼠有它们这样无邪的面容，它们非常亲人，毫无戒备之心。谁能想到荆棘丛里竟生活着如此精致的动物，它们的小窝尽管简陋得配不上它们的外表，里面却布置得很温馨。在所有山居动物中，只有林鼠会建造这么大、这么引人注目的巢穴。游人在山间漫步时，若撞见这样壮观的建筑群，多半要终生难忘。为了搭建巢穴，林鼠拾来各种树枝和腐朽的木片，从邻近的灌木丛中咬下带刺的绿枝，又找了些土块、石子、骨头和鹿角等一切搬得动的物件，把这些五花八门的材料堆成一座圆锥状的小屋，就像准备生火一样。这些奇特的小木屋有的高达6英尺，底部也有6英尺宽，有时还能看到十几个巢穴聚在一起，而它们群居的主要目的并不是满足社交需求，而是为了获得食物和庇护。如果有探险者独自爬上荒凉的山坡，穿过茂密的灌木，偶然闯进这些奇怪的村落，多半会大吃一惊，怀疑自己来到了印第安人的聚居地，不知会受到怎样的接待。当然，这里并没有什么凶恶的嘴脸在等着他，他可能连一个居民都见不到，顶多看到两三只林鼠坐在小屋顶，正用野性的双目投来最温柔的眼神。如果他走上前来，它们也不会避闪。进入简陋、多刺的小屋，中央是林鼠软软的小窝。它们将咬下的树皮内侧纤维拖入巢中，在上面铺上羽毛，还有垂柳、马利筋等植物的种子绒毛。如此优雅的小动物就生活在这种墙壁厚重、外表多刺的巢穴里，就像一朵娇艳的花在多刺的总苞中绽放。有的林鼠巢穴建在离地三四十英尺的树上，有的甚至建在阁楼里，就像燕子和朱顶雀一样，似乎在寻求人类的陪伴与庇护。不过林鼠已经习惯了在野外独处。它们还是管家眼中的小偷，因为这小东西能把所有搬得动的东西统统带回自己古怪的小屋，像是刀叉、梳子、铁钉、锡杯和眼镜。但我猜，它们此举可能只是为了加强防御工事。据我所知，林鼠在窝里囤的食物和松鼠几乎一模一样，不外乎是坚果、浆果和种子，有时候还有各种美洲茶的树皮和嫩芽。

7月2日

今天是温暖晴朗的一天，植物、动物和岩石都注入了鲜活的生命力。植物的汁液、动物的血液都在加速流动，山脉变得如水晶般剔透，山中的每颗微粒都像星尘一样欢快地跳动、旋转、飞舞。一切都那么多姿多彩、活泼灵动，没有一丝衰败之气，世间万物都随着大自然的脉搏而欢快地律动着。

珍珠般的积云飘浮在高山上空，与以往不同，它们不再只有一层银边，而是通体银光闪烁。我曾在世界各地和不同季节见过很多云彩，但只有今天见的这些积云最明亮、最洁净，且富有岩石之美，其形态也最是千变万化、轮廓分明。雪白的云岭就像内华达山脉的最高处，每天都在不断地积聚与消融，它们是我眼中最伟大的奇迹。每每凝视那数英里高的极大的白色圆顶，我都赞叹不已。不过，尽管有壮丽的云天与高山作陪，饮食结构的变化还是让我们有些消沉。已经好几天没有面包吃了,虽然还有足够的肉、糖和茶,但我们还是怀念有面包的日子。说来也怪,这荒野明明非常富饶,我们却感到了食物的短缺。再想到印第安人和那些小松鼠,我们便更无地自容了——这里明明到处都是种子和树皮,还有富含淀粉的根茎,而我们只是没了面包,就开始觉得营养失衡,无法全心享受这绝妙的乐趣了。

7月3日

天很暖,有不疾不徐的风拂过山林,将无数山泉的芬芳送到各个角落。松树和冷杉的球果长得很好,每棵树都滴着香脂,种子也在迅速成熟,一片丰收在望的景象。松鼠马上就能收获口粮,尚未成熟的坚果早已被它们啃了个精光,但它们却好像从不会吃坏肚子。

第三章

A BREAD FAMINE

面包荒

7月4日

牧场外满是浓郁的森林气息,一天比一天甜美芬芳,就像成熟的果实。

德莱尼先生应该很快就能从低地带食物过来,羊群马上也要迁到新牧场,我们到时也不用担心伙食问题了。在等待的时候,我们的豆子和面粉也吃完了,只剩羊肉、糖和茶。牧羊人有些许低落,似乎已经无心照看羊群。他说,既然雇主让他挨饿,那他也就不必喂羊了,还郑重其事地说,没有哪个体面的白人光靠羊肉就能爬上这些陡峭的高山。他在他自己的"独立日演讲"中说道:"对真正的白人来讲,羊肉不算正经吃食,这种东西只适合狗、郊狼和印第安人。我想强调的是,伙食好,羊才能好。"

7月5日

日子一天天过去,山间正午的云团越发瑰丽得难以言喻。为了一睹其风采,我甚至不忍睡去。昨天低地燃放烟火后留下的烟雾和演讲者们的滔滔言辞此时已随风飘散。只要身在此山,每天都像是节日,像是庆典,宁静中洋溢着热情,永远没有一丝倦怠。万物都在欢庆,甚至每一个细胞、每一个微小的粒子都会参与其中。

7月6日

德莱尼先生还没来,我们越来越想念面包了。虽然很难适应,但我们只能再吃一阵羊肉了。我听说得克萨斯的拓荒者可以好几个月不吃面包,也不吃别的谷物,只用野火鸡的胸脯肉替代,完全不会觉得难受。过去的日子里,鸡胸肉非常充足,那时的生活虽多了风险,但操心的事更少。早年间,还有一些猎人和毛皮商人居住在落基山脉一带,他们连续数月只以北美野牛和河狸为食。有的印第安人和白人只吃鲑鱼,他们几乎甚至完全不会为缺少面包而难受。而此时此刻,羊肉成了最不受欢迎的食物,哪怕它肉质鲜美。我们每次都挑出最瘦的部分,忍着恶心使劲往下咽,一阵阵反胃的感觉袭来,强烈地排斥着入口的异物。茶叶还要更让人不适。肠胃就像是拥有意志的独立个体,正在发出抗议。兴许我们该学学印第安人,煮些羽扇豆叶、三叶草、虎耳草块茎和富含淀粉的叶柄。为了忽视胃里的痛苦,我们起身眺望远处的群山,竭力攀上高处,穿过灌木和岩石,抵达美景的中央。接着,我们置身于一种令人窒息的安宁之中,无精打采地度过了一整天的工作和休闲时光。我们把美洲茶的叶子当作午宴。辛辣的山薄荷则是我们缓解头痛和腹痛的草药,闻一闻或者嚼两口,有时候能缓解一些,但有时这种疼痛还是会像雾一样笼罩在周围,或钻进我们体内。晚饭还是羊肉,吃不完的羊肉,大家都没什么胃口,吃得也不多。透过雪松的羽叶和枝条,星星在我们头顶闪烁。

7月7日

今天早上,我感觉非常虚弱,病恹恹的,这都是吃不到面包的缘故。我几乎没办法专心搞我最爱的研究了。看来要想在神圣的森林中享受自然,就离不开麦田和磨坊提供的保障。我们现在就像笼子里渴望饼干的鹦鹉,什么饼干都行,哪怕是环游世界之后剩下的一点残余也好,就算是以往觉得不健康的苏打饼干,我们也不会嫌弃。在过往多次的植物调研经历中,我发现只吃面包不吃肉是一种健康的饮食结构,茶也是可有可无的。只要有面包，有水，有喜欢的工作，我就心满意足了。不过，这种要求虽然并不过分，但人若想在艰苦的野外条件下享受生活，就必须得到训练，适应环境，摆脱对特定营养的依赖。从身体健康角度考虑，这显然也是可行的，因为不论在什么气候条件下，都能有人适应得很好。比如，因纽特人生活在完全没有小麦的极北之地，他们靠富含油脂的海豹和鲸鱼为生。他们可吃的只有肉、浆果、苦涩的野草和鲸脂，有时甚至只有鲸脂，一吃就是几个月。然而，这群生活在大陆的冰封海岸的人却是那么热情、快乐、强壮和勇敢。我们还听说有人专门吃鱼，这些人是纯粹的肉食主义者，像蜘蛛一样，但他们肠胃却很好。相比之下，我们的无助显得如此可笑，大家只能望着现有的食物愁眉不展，肚子还整天因消化不良而咕咕地叫，像是沉闷的羊叫，直叫人难堪。营地里还有很多糖，晚上的时候，我忽然冒出一个想法：我们的肠胃现在就像哭闹的孩子一样在使劲折腾着，或许可以用糖来哄一哄。于是，我把煎锅洗刷干净，把糖都熬成蜡状，结果吃完之后觉得更难受了。

人类似乎是唯一会被食物弄脏的动物。吃东西前，人总要好好清洗食材，还要在吃饭时套上盾牌一样的餐巾，以免弄脏衣服。生活在地下的鼹鼠吃着黏滑的虫子，却跟生活在水里的海豹和鱼类一样干净。而且，正如我们所见，松鼠在满是树脂的森林里也能以某种神秘的方式保持洁净。虽然它们整天捧着黏糊糊的松果，每根毛发却都那么清爽，四处穿梭时也全不在意打理卫生。鸟儿们同样也很干净，这当然也是因为它们看起来总在努力清理羽毛。不过，我看苍蝇和蚂蚁就被困在了我们扔掉的糖块里，就像它们的祖先被密封在琥珀里一样。现在，我们的肠胃就和疲劳的肌肉没什么两样，长时间蠕动令其开始酸痛。之前有一次，我在佐治亚州萨凡纳附近的博纳旺蒂尔墓园饥饿难耐，一连好几天没有进食，空荡荡的胃也像现在这样灼痛着，虽然不激烈，但也很难忍受。我们甚至梦到了面包，说明我们真的很需要主食。我们本该像印第安人那样，懂得从蕨类、虎耳草的茎秆、百合鳞茎和松树皮等材料中提取淀粉。可早在数代以前，我们就不再向后人传授这些本领了。野生稻米也是能吃的，我在湿草甸边上发现了一种假稻，不过它的种子很小。橡果、松子和榛果也还没熟。实在不行，就只能试试松树或云杉的内树皮了。茶也喝得叫人有些神志不清了。人在非常情况下似乎都会对兴奋剂产生强烈的渴望，而我的兴奋剂只有茶。比利嚼了很多烟草，我想它大概可以麻痹神经、缓解痛苦。我们几乎每时每刻都在盼着德莱尼出现，如果能在山间听到他沉沉的脚步，那该有多好啊！

据我所见，在温暖宜人的内华达山区，大部分牧羊人和山民对食物与寝具并不挑剔。他们大多非常满足于简陋的条件，对大自然的精致视而不见，将享受精致看作麻烦，或是缺乏阳刚气概之举。牧羊人的床往往只是一片空地和两张毯子，枕头则是一块石头、一段木头或者一副马鞍。在找地方睡觉的时候，他们好像比狗还随便。狗尚且会把睡觉当成一件大事，总在睡前深思熟虑，到处考察，清走散落的树枝和石头，再改造一番，让自己睡得舒服点。而牧羊人寻找住处的能力是最差的，他们好像在哪儿都能睡。而在饮食方面，就算不缺所求的食材，他们的烹饪方法也非常简单，做出的东西马马虎虎。牧羊人的吃食不外乎是豆子、各种面包、培根、羊肉和桃干，有时候也会吃一些土豆和洋葱，但后两种食物由于重量和营养价值不成正比，几乎算是奢侈品了。从家里的农场出发时，他们可能会把土豆和洋葱分别装上半袋，但没过几天就会吃光。他们主要的食物来源是豆子，因为这种食材营养丰富，方便携带，不易变质，还很好烹饪。不过，做豆子似乎有很多秘诀。究竟哪种方法最好，每位厨师都会给出不同答案。豆子通常要和熏肉一起煮透，这样才能更好地吸收油脂，让味道更醇美。烹饪者需要小心地照看食材，再想方设法地将风味释放出来。自豪的厨师会把做好的豆子盛出一些，分给客人品尝，问问他们："我做的豆子好吃吗？"好像他的豆子必然和别人的不同，哪怕用同样的方法来煮，也定然有些独具一格的味道。想让豆子别有风味，就要根据口味和想法的不同，用好糖浆、白糖或胡椒这些调味品，或是在焯水后加上一两勺碱灰或苏打，使其外皮充分溶解或软化。不过，正如每桶葡萄酒都有不同的味道，每锅豆子的滋味也各不相同。有人认为豆子的口味会受月相或流年的影响，也有人认为不利的生长土壤会破坏其品质，还有人觉得有些年份干脆就不适合豆子。

而除了豆子以外，营地的厨房还有另一种神奇的东西，那就是咖啡。不过与锅里那神秘莫测的豆子相比，咖啡就平庸多了。喝咖啡的时候，人们先是咕噜咕噜地饮下一口，发出低沉而满足的轻叹，然后漫不经心地评价道："味道不错。"接着再嘬上一口，又补上一句："先生，这咖啡真是不错啊。"至于茶水，那就只有两种——浓茶和淡茶，越浓就越好喝。唯一能听到的评价是"这茶太淡了"。如果什么都没说，那就算无须置评的好茶。就算是煮了一两个小时，或者被树脂燃烧的火焰熏过，也不会有太大影响，没人会在意那点单宁或杂酚，这些物质反倒会让这如墨的饮料味道更浓，更撩拨被烟草麻痹的味蕾。

我们营地的面包和加利福尼亚地区大部分营地的面包一样，都是在厚重的烤锅里烤出来的，其中有些做成了酵母饼干，这种黏度较大的吃食不太健康，会直接造成消化不良。但大部分面包都是用酸面团发酵的，我们每次烤完一批面包，都会留下一小块面团，放在面粉袋里用作下次的面起子。烤锅就是个铸铁锅，深约 5 英寸，宽在 12~18 英寸之间。将面团在锡盘里和好后，就可以微微加热烤锅，并抹上一把油脂或猪肉皮。然后就该把面团放进去，在锅壁上压实，等着它慢慢发酵、膨胀。做好准备后，就在火边铺一铲煤，把烤锅放在上面，然后在盖子上再铺一铲，时不时还要掀开盖子，看看锅里的温度够不够。只要足够细心，就可以做出像样的面包，不过面包也很容易烤焦、变酸或过度膨胀。另外，烤锅的重量也颇是个问题。

最后，我们终于在这长长的峡谷中盼来了德莱尼先生——挨饿的日子结束了，大家又将视线转向了群山，从明天起，我们要开始向云端攀登了。

我有生之年都不会忘记这第一次野营经历。它已经成了我的一部分，不只是留存在我记忆之中，也成了我身心的一部分。漏斗般的幽深山谷中生长着参天大树，美好的夜晚时分，璀璨的星光透过枝叶间隙洒向大地。通往布朗平原的陡峭山坡上繁花似锦，在宁静的一天即将结束时，野花的芳香便顺着山坡向下飘散。绿荫下的流水发出各种声响，演奏出悠扬的旋律，时而庄严缓慢地前进，时而急速奔跑，时而又轻快地流动，温柔地抚过湿漉漉的莎草、灌木和满是青苔的岩石。溪流在水潭中旋转舞动，又在铺满鲜花的岩石边分流，激起灰色和白色的水花，永远都是喜悦欢腾的景象，却又带着些庄严深沉的意味，不禁让人联想到大海。勇敢的小鸟始终停留在溪边，用酷似人类歌者的音调与泛着泡沫、旋转翩跹的流水一同歌唱，仿佛在向人间传递福音，播撒上帝之爱。同样难忘的还有派勒特山脊。一道道绵延的山坡勾勒出优美的曲线，错落有致，如同少女的发辫。每片区域都有不同的气候，山上植被茂盛，每棵树都是植物界的王者，以庄严有序的姿态排列在一起，层峦叠翠，蔚然壮观。它们挥舞着修长而繁茂的枝条，像摇铃一般摇动着树上的果实。它们是在阳光下茁壮成长的山民，尽情地享受着自然赋予的力量。每棵树都像是一把竖琴，清风和阳光用它们演奏出了优美的旋律。长满榛树与鼠李的草场中有小鹿出没，阳光明媚的山顶生有紫色的薄荷与一枝黄花，还满满地覆盖着蒿叶梅，蜜蜂在其中嗡嗡作响，忙个不停。除此之外，山中每一次日升日落也深深印刻在我脑海。玫瑰色的光芒盖过星光，冉冉升起，随后逐渐变成黄水仙的颜色。紧接着，一道道光束迸发开来，流过山脊，扫过松林，唤醒并温暖着所有强大的生灵，敦促它们投入这明媚一日的工作。正午时分，金色的阳光洒向大地，乳白的云团如群山一般，山间的景色仿佛充满灵气，就像神明的脸庞。夕阳西下时，树木则静立在山间，等待落日向它们道一声晚安。一切都是取之不竭的神圣宝藏。

第四章

TO THE HIGH MOUNTAINS

登上高山

7月8日

我们现在要向最高的山峰前进。山间许多窸窣的声响以及正午的雷声都在催促我们:"到高处去吧。"再见了,山中的无数生灵,再见了,神圣的山谷、树林、花田、溪流、飞鸟、松鼠和蜥蜴。再见,再见。

蝗虫般的羊群穿过树林,向高处前进,卷起一团褐色的尘埃。它们刚离开原来的羊圈还不到100码,就好像知道自己要去新牧场了。它们疯狂地飞奔向前,挤过灌木丛的缝隙,不断地跳跃、翻滚,就像冲破堤坝、奔腾咆哮的洪水。羊群两侧各有一名牧羊人不断向领头羊发号施令,而领头羊此时却已饥肠辘辘,像"加大拉猪群"[1]一样陷入失控。另外两个人正忙着解救那些掉队

---

[1] 根据《圣经·马可福音》的记载,耶稣将魔鬼从附身者体内驱赶到猪群中,并迫使猪群跳下山崖,落入海中淹死。

的羊，帮它们摆脱灌木丛的纠缠；冷静而机警的印第安人一直默默关注着四处游荡的羊，生怕一不留神就让它们走丢了；两只小狗在队伍中跑来跑去，一副不知所措的样子；德莱尼则很快就远远落在了后面，他盯着这令人头痛的羊群，尽全力把守着自己的财产。

原来的那片山脉已被羊群啃光，而越过边界，进入新牧场后，饥饿难耐的羊群也突然不再折腾，变得像草地上的山涧一样安静。过了这条边界线，它们就可以随心所欲地慢慢走、慢慢吃，我们只要保证羊群是向着默塞德河与图奥勒米河分水岭的最高峰前进即可。很快，这2 000多只羊原本扁平的肚子鼓了起来，里面塞满了香豌豆藤和青草，它们不再像饿狼那样憔悴枯槁、饥肠辘辘，而是变得平和温顺。放羊人也不再大吼大叫，变得和蔼了许多，静静地在山间漫步。

日落时分，我们到达了榛树绿地，这处风景如画的地方位于默塞德河与图奥勒米河分水岭处的顶峰。一条小溪穿过榛树林和山茱萸丛，上方则生长着高大的银杉和松树。当晚，我们就在这里扎营过夜，将粘满松脂的树干与枝杈堆在一起，燃起的篝火炽热明亮，宛如初升的旭日，好像是在将几百年来的夏日阳光细细筛选后，传递给我们。在这古老阳光的照耀下，周围的一切在黑暗中都显得格外醒目！青草、飞燕草、耧斗菜、百合、榛林和参天的乔木围成一圈，仿佛凝神静思的观众，和人类一样怀着热忱注视火光，听着木材燃烧的声响。我们一整天都在向高处攀登，接近一直以来令我们心驰神往的云山。入夜后，高海拔处晚风微凉，空气甜美清新，连呼吸都变成了享受。在这里，我们见到了最高大的糖松，它们美到了极致，也茂盛到了极致，几乎占据了每座丘陵、每片山谷、每个险恶的沟壑。此处鲜少看到其他树种的存在。间或有几棵黄松夹杂其中，在温度最低的区域也长着几棵银杉，不过尽管这些树木雄伟庄严，却依然盖不住糖松的风头。它们躲在糖松长长的枝干下享受着庇护，时不时轻轻摇曳，像是在表达敬意。

我们现在身处海拔 6 000 英尺处。今天上午，我们沿着分水岭上的一片平地行进，那里长满了熊果，其中有几株比我之前见过的所有熊果都要大。我对其中一株展开测量，结果显示，它的树干直径达 4 英尺，高度只有 18 英寸，树干顶部的枝杈向四面八方伸展，共同组成了巨大的圆形树冠。树冠高约 10~12 英尺，上面长满了一簇簇粉红色小花，花朵呈开口较窄的铃铛状。叶片呈淡绿色，其上有腺体，下方则生长着弯曲的叶柄。树枝仿佛裸露在外，没有树皮包裹，但如果仔细观察，会发现其上覆有薄而光滑的巧克力色树皮，缺水时还会卷曲，脱落成碎片。其内部木质呈红色，纹理细密，沉重而坚硬。不知道这些奇特的灌木有多少年头了，也许它们和高大的松树一样古老。其浆果是印第安人、熊、鸟和某些肥大的幼虫的食物，外形看起来像是小苹果，往往一面呈玫瑰色，一面呈绿色。据说印第安人还会将这种果实酿成啤酒或果酒。熊果属植物包含多个种类，这里常见的是尖叶熊果。它们长得很矮，根系扎得很牢靠，所以不用惧怕疾风的摧折。而且，这种植物能从根部再生，所以即使大火席卷森林，也不太可能将它们尽数烧毁，某些有熊果莓分布的干燥山脊也基本不会起火。我必须好好了解一下这种植物。

今晚，我开始思念起河水的歌声。榛树绿地的小河最上游的流水声像清脆的鸟鸣。山风吹过头顶的参天大树，发出令人印象深刻的奇怪声响，更使人讶异的是树上的叶片竟然都纹丝不动。现在天色已晚，我必须上床睡觉了。营地陷入一片寂静，大家都睡了。用如此宝贵的时光来睡觉似乎有些奢侈，但正如《圣经》所说："唯有耶和华所亲爱的，必叫他安然睡觉。"受祝福的凡夫俗子们需要睡觉，否则就会虚弱、疲惫、筋疲力尽。唉，真是可惜，尽管感受着大自然永恒的运转，但到了晚上还是只能睡觉，不能像星星一样永远凝视着山间的美景。

7月9日

今天早上，山里的空气让我神清气爽，我甚至想像野兽一样兴奋地大吼大叫。昨天晚上，印第安人睡在离火堆很远的地方，身上没盖毯子，也没额外加衣服，只穿了一条蓝色工装裤和一件汗湿了的花布衬衫。这里海拔很高，晚上温度很低，所以我们给他拿了几条马鞍毯，但他似乎觉得没什么必要。省去穿衣御寒的

《熊果的花》

1925 年,玛丽·沃克斯·沃尔科特 绘

选自玛丽·沃克斯·沃尔科特《北美野花图鉴》

华盛顿:史密森学会出版社,1925 年

《熊果的浆果》

1925年,玛丽·沃克斯·沃尔科特 绘

选自玛丽·沃克斯·沃尔科特《北美野花图鉴》

华盛顿:史密森学会出版社,1925年

需求也不一定是坏事，因为有时行囊确实会变成赶路的累赘。我听说当食物匮乏时，这个印第安人也是有什么就吃什么——浆果、树根、鸟蛋、蚱蜢、黑蚁，甚至是大黄蜂及其幼虫都能成为他的口粮，他也从不觉得自己的行为有什么特别之处。

我们今天要沿着宽阔的主脊顶部前往蓝鹤平原外的山谷。那里几乎没有岩石，却到处生长着我所见过的最高贵的松树和云杉。这里的糖松直径普遍在6~8英尺，高度可达200英尺以上。银杉（包括白冷杉和红冷杉）都漂亮极了，尤其是红冷杉，越到高处，红冷杉就越繁盛。它非常高大，是内华达山脉最引人注目的巨型针叶树之一。我看到的那一棵直径达7英尺，高度在200英尺以上，而完全成熟的红冷杉平均高度基本不低于180~200英尺，直径通常也不小于5~6英尺，不仅高大粗壮，还圆满对称，至少在这片区域附近，还找不到其他树种能具备如此完美的外形。红冷杉优雅的树干高大笔直，上细下宽。其枝条多以五根轮生的方式水平向外伸出，每根树枝上都长着规则的羽状叶片，就像蕨类植物的叶片一样，此外其树枝的分杈周围也长满绿叶，因此整棵树都显得格外丰满而华丽。树冠最顶部的嫩枝粗壮圆钝，直指苍穹，如同一根警示的手指。其球果通常生长在上部的枝干上，像一个个直立的木桶，长约6英寸，直径约3英寸，呈圆柱形，圆润光滑，形态饱满，看起来很高贵。种子长度在四分之三英寸左右，呈深红褐色，种翅是绚丽夺目的紫色。球果成熟后便会碎开，其上的种子则会在150英尺或200英尺的高处向远处传播，如果有风的话，它们可以飞得很远。每当微风吹拂时，大部分种子便会随风起舞，自由地飞向远方。

白冷杉的高度和树干直径与红冷杉基本相同，但它的树枝并不像红冷杉那样呈现规则的轮生形态，上面的叶片相对稀疏，也并不是规则的羽状。和红冷杉围绕分枝生长的叶片不同，白冷杉的叶子多半沿水平方向整齐地长成两排。其球果和种子的形状与红冷杉的相差不大，但体积还不到后者的一半。另外，红冷杉的树皮呈紫红色，其上沟纹紧密；白冷杉树皮则呈灰色，沟纹比较稀疏。它们是高贵的一对树种。

我们在蓝鹤平原行进时，每前进两英里左右，高度就会提升1 000多英尺。随着海拔不断增高，山上的林木也越来越茂盛，银色的红冷杉所占的比例也越来越大。蓝鹤平原是分水岭顶部的一片草地，其周边是广阔的沙地，经常有长途迁徙的蓝鹤在此休息、觅食，该地也因此得名。蓝鹤平原长约半英里，与默塞德河一带相接，中部长有莎草，边缘处则生长着百合、耧斗菜、飞燕草、羽扇豆和火焰草，平原外有一片干燥的缓坡，上面开满了石猴花、沟酸浆和吉莉草等小野花，还有玫瑰状的伞花石薇、一簇簇苞蓼以及绚丽的朱巧花。黄松、糖松和两种冷杉共同组成了一面高大的林墙，它们美到了极致，壮观到了极致。之所以会长得这么好，是因为此处海拔约6 000英尺，对糖松和黄松来说不算太高，对红冷杉也不算太低，又恰好达到了白冷杉的最佳生长高度。在蓝鹤平原以北约一英里处，有一片北美红杉林，它是针叶

《红冷杉森林,约塞米蒂山谷》
年份不详,吉尔伯特·戴维斯·芒格 绘
私人收藏

《银冷杉》

1837年,艾尔默·伯克·兰伯特 绘

纽约公共图书馆

林中的王者。此外，这里还零零散散地生长着花旗松、北美翠柏和很少的二针松，它们只占森林的一小部分。除了二针松之外，三种松树、两种冷杉、一种花旗松、一种红杉都是巨树，它们齐聚在这儿，组成了世界上无与伦比的针叶林。

一路上，我们经过了很多风景如画的草地，那里繁花盛开，就像一片片花田。它们有的坐落在分水岭顶部，有的像垂落的丝带一样分布在分水岭两侧，嵌入绚丽的森林之中。有些草地长满了高大的加州藜芦，这是一种喜水的百合科植物，开着白花，船形的叶子长约 1 英尺，宽 8~10 英寸，叶脉分布和枸兰类似，生命旺盛，光彩夺目。草地边缘的干燥地带生长着耧斗菜和飞燕草，高大漂亮的羽扇豆则直立在齐腰深的青草和莎草中。这里还长着几种不同的火焰草，它们与脚下大片的紫罗兰共同组成了一幅明丽的画面。不过，这些都比不过内华达岭脊的百合变种。这种百合最高可达七八英尺，其总状花序上长有 10~20 朵橘色小花，有的甚至更多。它们自在地生长在开阔地带，周围恰到好处地生长着青草等伙伴，这些植物簇拥在百合脚边，将其魅力衬托得淋漓尽致。它们是真正的山民，在海拔 7 000 英尺左右的高地绽放出最美的姿态，展现出最强的生命力，这大大地增进了我对百合的了解。我发现，即使在同一片草地上，这些百合的大小也各不相同，其影响不仅在于土壤，也在于年龄。我曾看到过只开一朵花的百合，而与它近在咫尺的那株却开了 25 朵。想想看，这样的百合园怎么能任由羊群糟蹋呢！在过去无数个世纪里，大自然无微不至地培育、灌溉着这些花朵，将它们的鳞茎深深藏入土壤，使其免受冬日寒霜的侵袭，又在天上布置云朵的帘幕为其嫩芽遮阳，同时洒下清新的雨水，将它们浇灌得美艳动人，还一次次地发挥神力，为这些花朵保驾护航。但令人费解的是，这些百合竟然无法抵御羊群的侵袭。在我看来，这么美丽的花田就是用火墙围起来也不为过。可大自然却挥霍着她最珍贵的宝藏，像播洒阳光一样将植物的魅力传递到陆地与海洋、花田与荒漠。也正因如此，无论是天使还是人类，熊还是松鼠，狼还是羊，鸟还是蜜蜂，都可以欣赏到百合的美。但在我看来，所有生灵中，只有人类及其驯养的动物才会破坏这些花田。德莱尼告诉我，在天气炎热的时候，会有熊在花田里笨拙地打滚，鹿也会用尖尖的蹄子一次次从中踏过，边漫步边觅食。但我还从没见到它们糟蹋了园中的百合，它们反而会像园丁一样对其精心栽培，压实土壤，挖土种苗。总之在它们的照料下，百合的叶子和花瓣都长得好好的。

周围的树木也和百合一样姿态优雅，美得无懈可击。它们的枝丫与百合叶片类似，都按轮生形态整齐排列。今晚，温暖的火光如往常一样，向周遭的一切施加着魔法。我躺在冷杉树下，看着它们的尖塔刺进星空之中，繁星如一朵朵盛开的百合，将夜空点缀成一片广袤的百合园！如此珍贵的夜晚，让我怎么舍得闭上双眼？

《耧斗菜,白百合和羽扇豆》

1847年,詹姆斯·阿克曼 绘

选自弗朗西丝·萨金特·奥斯古德《献花,友谊的象征》

费城:凯里和哈特出版社,1847年

7月10日

　　今天早上，一只暴躁的林中霸主——道格拉斯松鼠跑到我们头顶叫个不停。林中的小鸟鲜少露面，因为我们总是吵吵嚷嚷地赶路，但今天的阳光洒落在草地边缘的树枝上，引来很多林中小鸟在此取暖，享受着阳光和露水，多美好的画面！这些毛茸茸的小家伙又活泼又神气，真是迷人极了！它们似乎已经准备好要享用一顿美味又健康的早餐，但它们要从哪儿获取这么丰盛的食物呢？如果我们人类要用花蕾、种子和昆虫等食物为这些小鸟准备一场盛宴，让它们保有纯粹而原始的健康体魄，那我们将不知从何下手！我想，应该从没有什么烦恼和苦痛困扰它们吧。而那些不可一世的道格拉斯松鼠就不同了，没人会去琢磨它们早餐吃什么，也没人想到它们会挨饿、生病或是死亡。相反，它们就像高悬的星星，完全不受外界干扰——尽管我们有时也会看见这些小家伙在四处搜集球果，为生计奔波。

　　我们穿过森林，一路向高处攀登，所到之处尘土飞扬，脚下的道路也变得模糊。成千上万只羊蹄踏过绿叶和花丛，但在这浩瀚的原野上，羊群的力量也显得微不足道，仍有无数花田未遭它们践踏。它们也无法破坏树木，只是有时会糟蹋树苗，但这些蝗虫似的绵羊毕竟价格不菲，一旦其数目激增，那么森林可能也无法幸免于难。届时，恐怕唯有天空是安全的，但也要被蒙上尘土和烟雾，那烟尘就像可怕的祭祀上焚起的香雾。这些饥饿的羊是多么可怜而无助，从很大程度上讲，它们就像造物主酿下的一个错，无缘无故地来到世上，繁殖与生长都受到干预。比起上帝的创造，它们更像人工的产物，在错误的时间出生在错误的地点。然而，这些绵羊的叫声近乎人语，让人不由得心生怜悯。

我们今天仍然沿着默塞德河与图奥勒米河分水岭前行，右侧的溪流汇入约塞米蒂河，左侧的溪流则流进图奥勒米河，欢唱着穿过阳光明媚的草地，经过苔草与百合，甫一发源就潺潺流过千沟万壑。再没其他河流的旋律能这样婉转。水晶一般剔透的河水时而叮咚低吟，徐徐流淌；时而从阳光与绿荫下奔腾而过，在水潭里璀璨闪烁；时而汇入支流，跳跃舞动，变幻形态，流过悬崖和山坡。它们流得越远，就越是美丽，直至流入干流的冰河。

整整一天，我都在凝望着壮丽的银杉群，心中的敬意有增无减，这高贵的树种正不断开拓着山中的领土。蓝鹤平原上的树林仍然比较开阔，阳光可以透过间隙照亮铺满棕色针叶的地面。每一棵树都是那么枝繁叶茂、匀称美观。若是六七棵聚在一起，就会组成一座绿色神殿，每棵树的大小和位置都仿佛经过精心设计，整片树丛宛如一体。这里真可谓是爱树者的天堂，哪怕是愚钝的眼睛，也无法抵挡这里的树木具有的魅力。

所幸，我们现在不用花太多精力照看羊群，它们行进速度很慢，而且粮食充足，想怎么吃就怎么吃。离开榛树绿地后，我们便一直沿着约塞米蒂的小路前行，慕名而来的游客通过科尔特维尔和中国营，必然要经过这里，两条路交会于蓝鹤平原，到达此处后，他们便可从北侧进入山谷。除此之外，还有一条路可以从马里波萨南侧进入山谷。据我们所见，这里的游客有的是三四人同行，有的是十几人一组，全都骑着骡子或是小野马。他们衣着华丽，成一队列在庄严的树林中蜿蜒穿行，构成一幅奇妙的景象，也吓到了周围的野生动物。这让人忍不住幻想，就连高大的松树也会被这种搅扰吓得叫出声来。可转念一想，我们这帮领着羊群的人又有什么不同呢?

现在，我们要在落叶松平原扎营，这里距约塞米蒂海拔较低处不过四五英里，是森林中另一片美丽的草场，一条清澈的溪流从中流过，溪水很深，两岸满是倾斜生长的莎草。该平原的名字来自一种二针松（即扭叶松），这种树在当地比较常见，在凉爽的草场边缘尤为密集。它们有时生长于多岩地带，外表粗糙，枝干粗壮，高约 40~60 英尺，直径 1~3 英尺，树皮很薄，上面覆盖着树胶。其针叶非常稀疏，花穗、针叶和球果都很小。但在潮湿肥沃的土壤中，它们却能长得纤细而茂盛，有时高度甚至接近 100 英尺。有的直径虽然只有 6 英寸，但高度却往往能达到五六十英尺，整棵树像箭一样纤细而尖锐，形似美国东部的落叶松，这也是此地名字的由来，虽然此树的确是种松属植物。

登上高山

7月11日

为了寻找扎营的最佳地点,德莱尼已经率先骑着马,到约塞米蒂北部勘察地形去了。我们暂时还不能继续往高处前进,因为高处的草场据说虽然比这一片儿更好,但还覆盖着厚厚的积雪。一想到接下来要去约塞米蒂扎营,我就非常高兴。这样一来,我就可以沿着岩壁顶端来一场激动人心的漫步,见识到更多山脉、峡谷、森林、花田、湖泊、溪流和瀑布。

我们现在所处的海拔约为 7 000 英尺,晚上温度非常低,除了毯子以外,我们还要盖好几层衣服。落叶松小河的水冰凉爽口,就像醒神的香槟。它水量充盈,悄无声息地流过草地,但就在营地下方几百码处,地面却是裸露的灰色花岗岩,上面还散落着很多石块,很多地方一棵树都没长,要么就只有零星几棵小树从窄缝中挤出来。大部分石块体积都非常大,但它们并不是堆在一起的,也不像巨石风化解体后的碎石那样散乱分布着,而大多是单个地躺在干净地面。阳光洒在地上,显得格外耀眼,与我们所习惯的密林中忽现的光影形成了鲜明对比。从颜色和成分的差异来看,这些巨石是从远处挪过来的,它们被开采出来,运到这里,最后被放在如今的位置。但奇怪的是,这些巨石现在就静静躺在地上,仿佛被遗弃一般,附近不存在任何能将其移动的力量,也看不到任何搬运工具。大多数石块自打来到这儿,无论在风和日丽的日子里,还是风暴大作时,都一样纹丝不动。它们最大直径可达二三十英尺,看起来孤零零的,就像来到异乡的游子,是群山留下的体积庞大、棱角分明的碎屑。这是大自然在营造景致,雕琢高山与谷地时留下的痕迹。那么,究竟是什么工具将这些巨石开采出来,又搬运到这里?我们在岩面上找到了巨石的痕迹——在地表抗风化能力最强的部分,我们看到了生硬的平行刻痕,这说明曾有冰川从东北方途经此地,碾过整个山体,予以雕刻和打磨,创造出一种原始、奇特,仿佛经过擦拭的外观。而当冰期结束时,冰川消融,其上的岩石也就随之肆意掉落。这是个有价值的发现,而我们途经的那些森林很可能就生长在土壤沉积物上,这些沉积物大多来自同一座冰川,以冰碛的形式落到此处。现在,它们大多已在后来的风化作用下分解、扩散了。

活泼灵动的落叶松小河经过绿茵茵的草地,顺着冰川打磨过的花岗岩向下流淌,一路欢歌,雀跃奔腾,然后飞流而下,在闪闪发亮、虹光点缀的白色瀑布中舞蹈,流向约塞米蒂下方几英里处的默塞德峡谷。短短两英里内,瀑布落差便达到了 3 000 多英尺。

默塞德流域的溪流都是优秀的歌者,而约塞米蒂则是主要支流汇合的中心。在距离营地约半英里的位置,可以看到著名的约塞米蒂谷末端,那里有壮美的悬崖和丛林,是山峦写就的一页壮阔篇章,我情愿花上一生去阅读它。这山谷看起来多么广阔,而当我们想到它时,人的一生又显得何其短暂。无论作何努力,我们所能了解的也不过九牛一毛!不过,我们又何苦为这必然的无知而悲叹？无论如何，一些外在的美总在眼前，这足以让我们的每根神经为之震颤。就算这景色的原理超乎我们的认知，我们还是能尽情享受它们。勇敢的落叶松小河，继续唱下去吧，继续从白雪覆盖的源泉向外喷涌，扬起水花，旋转起舞，滋润万物，为沿途的所有生命喝彩，一路奔向你命运的大海。

这美好而充实的一天给我带来了极致的享受，我一边漫步，一边欣赏美景，沉浸在山林所带来的快乐中。我画素描，做笔记，采集花卉标本，呼吸新鲜空气，畅饮落叶松小河的溪水。我还在这里发现了内华达山区最美的百合——香气扑鼻的白色华盛顿百合。它的鳞茎埋在乱蓬蓬的灌木丛中，我想，这可能是为了躲避熊爪的袭扰。它的花序呈圆锥形，高贵华丽，在白雪覆盖的蓬乱灌木丛顶摇曳生姿，还有几只莽撞的圆鼻蜜蜂在沾满花粉的花冠中嗡嗡作响，仿若低语。这可爱的花朵值得我饿着肚子，忍着脚酸，不远千里地前来观赏。能在这壮丽的景致中发现华盛顿百合，整个世界似乎都变得更加多彩了。

落叶松草场上的一座木屋标记了此处的所有权。小屋的主人是一位白人男子和一位印第安妇女。如果前往约塞米蒂的游客数量大幅增加，这里可能就会成为一个重要驿站。即便现在，也偶有迟来的群体在此停歇。

日落时分，我在草场散步，营地渐渐离开视线，羊群和人类的踪迹也越来越远。我进入了沉静而庄严的古树林深处，一切都洋溢着属于天国的永不熄灭的热情。

《华盛顿百合》

1933年，玛丽·沃克斯·沃尔科特 绘

史密森尼美国艺术博物馆

登上高山

7月12日

德莱尼回来了，我们重新踏上了朝圣之路。他告诉我们："从山顶俯瞰约塞米蒂溪谷，就只能看到岩石和成片的树林，但如果向下进入岩石遍布的荒漠，你就会发现那里有数不清的葱郁水岸和草场，所以那片区域根本不像在远处看到的那么贫瘠。我们就先到那儿去，等山上的雪都化了再往上爬。"

山上的积雪使得我们必须在约塞米蒂待上一段时间，听到这个消息我很开心。我特别想再多看看这里的风景。我可以完全将营地抛在脑后，尽情地在山里写生，研究植物和岩石，独自在大峡谷边缘攀登，这将是多么美好的时光！

今天，我们又看到了一批来约塞米蒂参观的游客。不知怎的，他们大多对周围的事物兴致寥寥，却愿意为了一睹这处名胜的风采而耗费时间和金钱，甚至忍受长途跋涉之苦。等他们真正进入山谷，看到神殿般的雄伟岩壁，聆听瀑布吟唱的圣歌，就会进入一种虔敬忘我的境地。实际上，每一位来到这里的朝圣者都应当得到庇佑！

我们沿着莫诺小径缓缓向东行进，午后便卸下了行囊，在瀑布溪岸边安营扎寨。莫诺小径经由血峡山道穿过山脉，直通莫诺湖北端附近的金矿。据报道，这座金矿刚开发出来时，里面的黄金储备非常丰富，由此掀起了一场大规模淘金热，也让山路的修建变得必要。几条小溪的河床松软得无法通行，人们便在上面架了几座小桥，又将倒下的树木砍成几段，并在灌木丛中开辟了几条较宽的道路，好让大件的行李得以通过。但在大部分道路的修建过程中，人们几乎没有挪动过一块石头，也没有挖过一铲土。

我们经过的这片树林几乎全被红冷杉占据了，而与之搭伴的白冷杉大多无法适应高处的气候。随着海拔不断升高，迷人的红冷杉似乎也长得越来越好。这种高贵的树木是无法用语言来准确形容的。林中一片区域的土壤大多由碎裂的冰碛构成，土质松散，树木无法在此稳固扎根，因此很多红冷杉都被暴风雨折断了。

此刻，羊群正自在地躺在光秃秃的岩石上，在绿意盎然的山间悠然反刍着食物。营地里正生火做饭，我们的胃口也一天比一天好。任何生活在低地的人都无法理解山民的食欲，也搞不懂他们怎么吃得下那么难消化的吃食。在这里，吃饭、散步或休息都成了一种宜人的享受，让人想在清晨起床的时候像公鸡一样放声高叫。我们的睡眠与消化和空气一样好。今晚，我们要用香喷喷、毛茸茸的树枝做床铺，飞落的溪水也唱着动听的安眠曲。"瀑布溪"这个名字再贴切不过了，因为我在营地的上下游考察后发现，这条溪流一路都在跳跃起舞，绽放一朵朵白色的水花。最后，它不知疲倦地从300多英尺的高空一跃而下，落入约塞米蒂主峡谷底部，就在落叶松小河瀑布的附近，还有几英里就到了山谷脚下。至此，它终于结束了这段狂野的旅程。这些瀑布几乎可以和一些远近闻名的约塞米蒂瀑布相媲美。我永远不会忘记它们欢快的瀑布之歌——时而是低鸣,时而是咆哮,清冽的水流灵动、碰撞,在泛着七彩光芒的水雾中变换形态,欢快奔腾。若是在寂静的深夜,可以看到黑暗中划出的一道白,它所发出的各种声响也庄严得令人难忘。我还在这里发现了一只小黑鸫,它们怡然自得地生活在这里,就像在繁茂树林中的赤胸朱顶雀一样。溪水越湍急,它们好像就越快活。这里有让人头晕目眩的悬崖,有迅猛的河水,还有飞流直下的瀑布在发出雷鸣的低吼,一切都令人心生敬畏。不过小黑鸫却不以为然。它唱着甜美低沉的歌,在喧闹的山间飞来飞去,一举一动都展现着它的力量、平静与喜悦。这些大自然的宠儿在湍急的溪流旁安了家,看着它们从被水花打湿的巢中飞出来,不禁想到了那句《圣经》中参孙的谜语"甜的从强者出来"。这只小鸟像是一朵绽放在溪边的花朵,比那水潭旋涡中的泡沫还要漂亮。温柔的小鸟,你为我带来了宝贵的信息。我们或许还无法参透激流中蕴含的意义,但你甜美的歌声却传递出了纯粹的爱。

7月13日

我们一整天都在向东行进,走过约塞米蒂溪盆地的边缘,又往下走了一段,来到盆地坡面中央,找了一片冰川打磨过的花岗岩安营扎寨——这里地面坚实,非常适合打地铺。我们还在山路上看到了一头大熊的足迹，德莱尼给我们讲了一下野熊的知识。我说我想趁这个大脚印的主人行进时看看它是什么样子，在不惊扰它的前提下跟踪几天，了解一下这只荒野猛兽的生活。德莱尼告诉我，出生在低海拔地区的羊羔虽从没见过熊，也没听过熊的叫声，可一旦捕捉到熊的气息，它们就会打起响鼻，惊慌而逃，由此可见，它们已将有关敌人的知识全部刻进了家族的记忆里。猪、骡子、马和牛都很怕熊，尤其是猪和骡子，每当有熊靠近，它们便会表现出难以抑制的恐惧。人们经常会将猪赶到沿海的山脉和内华达山区的牧场，因为那里有充足的橡果。成百上千只猪聚在一起，像羊一样结队散步觅食。一旦有野熊闯入牧场，它们就会立刻聚成一团，集体逃跑——这种情况通常发生在夜晚，所以养猪人也无力阻止。而羊只会四散开来，各自躲藏在石头或灌木丛里，然后听天由命。由此看来，猪确实比羊更聪明。而骡子不管背上有没有人，只要看到有熊出没，它就会像风一样飞奔逃跑，被拴住的骡子则会挣开绳子，有时甚至为此扭断脖子。不过，我倒没听说过有熊杀死骡子或马。据说猪才是熊最爱吃的食物，它们会把小猪整个吞掉，连骨头都不剩，对任何部位都不挑剔。不过，德莱尼先生也特意跟我说，内华达山区的熊都很怕人，猎熊也远比猎杀鹿或山区其他动物更困难。如果我那么想观察它们，就要像印第安人一样拿出无尽的耐心，在隐蔽处守着，而且心无旁骛。

夜幕即将降临，波涛般起伏的灰色岩石在暮色下越来越模糊。这片山区看起来多么原始，又多么年轻！我们营地周围那些坚硬的岩石上还留着清晰的刻痕，仿佛那横扫山脉的冰川昨天才消解。地面光滑得很，我们的马和羊，还有我们所有人，都在上面滑倒了。

7月14日

在山间的空气里，我们总是睡得特别死，但只要一醒来，就会觉得宛如新生！一个宁静的黎明，天空先是呈现黄色和紫色，然后金色的旭日喷薄而出，为万物赋予生机和光彩。

一两个小时后，我们来到了约塞米蒂溪，正是这条溪流从高处倾泻而下，成为约塞米蒂最大的瀑布。溪流在莫诺小径交叉口的宽度约为40英尺，现在的平均深度约4英尺，流速约每小时三英里。它在距离此处仅两英里左右的约塞米蒂峭壁边缘奔泻而下，看起来平静而美丽，以庄重的姿态近乎无声地流淌。两岸生长着茂盛而修长的二针松，以及柳树、紫绣线菊、莎草、雏菊、百合和耧斗菜。有些莎草和柳枝垂入水流，而密林之外还有一片阳光充足的平地，上面覆盖着冲刷干净的沙砾，似乎是远古洪水侵袭此地后留下的沉积。这里长着无数百金花、苞蓼和芒苞蓼，花比叶还多，它们长势均匀，零零散散地夹杂着玫瑰状的伞花石薇，使整片花田略有起伏。在繁花盛开的平地后面，有一片起伏向上的花岗岩平原，很多地方都被冰川打磨得非常光滑，在阳光下像玻璃一样闪闪发光。浅谷中生长着几片树林，其中大多是外形粗犷的二针松，在缺乏土壤或根本没有土壤的地带，这些松树长得非常瘦弱。除此之外，这里还有几棵西美圆柏，它们矮小粗壮，树皮呈明亮的肉桂色，树叶发灰，多在阳光暴晒的地面独立生长，远离山火，根系紧紧抓着狭小的岩缝——这种顽强的树木能抵御风暴的侵袭，只要有阳光和雪水，便能保持坚韧的体魄，在山中屹立千年之久。

行至盆地顶端，我看到成群的圆顶状山头从连绵的山脊上探出头来，还看到了很多像城堡一样壮美如画的山脉，由银杉组成的深色带状或块状树林点缀其间，说明山上土壤肥沃。要是我能抽出时间去研究一番该多好！在这片界线分明的盆地中，可以开启怎样精彩的探险！冰川留下的碑文和雕刻，提供了多么奇绝的景色和珍贵的研究资料！黎明时分，每当看到这些雄伟壮观的崇山峻岭，我都忍不住兴奋得发抖。但我也只能呆呆地望着眼前的奇景，心中惊叹不已，像个孩子一样到处采摘百合，暗暗希望多年以后能有机会好好研究一番。

牧羊人和几只小狗费了九牛二虎之力，终于把羊群赶到了约塞米蒂溪对岸，这是羊群第二次在没有桥梁的情况下被迫蹚过宽宽的溪流。上一次蹚水还是在鲍尔山洞附近的默塞德河北部支流。渡河时，牧羊人冲着羊群大叫，几只狗也在狂吠，胆小怕水的绵羊们被逼到了岸边，紧挨在一起，但没有一只愿意下水。就

《苞蓼》

1815—1819年，西德汉姆·爱德华兹 绘

选自西德汉姆·爱德华兹、约翰·林德利《爱德华兹植物志》

伦敦，詹姆斯·里奇韦出版社，1829—1847年

在一切陷入僵局时，德莱尼和牧羊人忽然冲过受惊的羊群，想把前面几只羊赶进水里，结果羊群却开始往后退，它们跑过岸边的树林，在岩面上分散开来。然后，在几只狗的帮助下，牧羊人又把逃跑的羊重新聚到岸边，逼它们过河。后来，这群挤在一起的羊还是跑开了。人在呼喊，狗在吠叫，喧闹的声音惊动了溪流，也破坏了瀑布演奏的旋律——此刻，肯定还有来自世界各地的游客正驻足聆听。德莱尼大喊："把它们堵在那儿！赶紧堵在那儿！前面的羊马上就会顶不住压力，心甘情愿下水的，剩下的也都会跟着往下跳，然后急急忙忙过河。"但情况并没有他想的那么顺利，这些羊一批批地往后跑，避开了人和狗施加给它们的压力，同时也在不停地践踏着美丽的河岸，真令人惋惜。

只要能把一只羊赶到对岸，剩下的就都会紧随其后，不过这第一只羊找起来可不容易。牧羊人抓了一只小羊，带着它过了河，并把它绑在对岸的灌木丛中，这只小羊就在对岸可怜巴巴地叫着妈妈。可母羊虽然非常担心自己的小崽，却也只是出声回应。看来利用母爱的策略是行不通了，我们开始担心，这次怕是要绕远了。这条溪水的支流分布很广，随后就要不断蹚水了。那样就要多花几天时间，不过这样一来，我就能如愿看到这条名溪的源头了。但"堂吉诃德"却已下定决心，非要从这儿蹚过去，并立刻对羊群展开了围攻——他砍倒了岸边的细松，并用松树建起小围栏，勉强把挤在一起的羊群圈了起来。羊圈的另一侧就是小溪，他相信这个办法肯定能轻松地将羊群赶进河里。

几小时后，围栏搭好了，这群傻羊被赶了进去，硬生生地挤在浅水岸边。然后，德莱尼用力钻进拥挤的羊群，抓了几只吓得最狠的羊，使劲把它们扔进了水里。但即使这样，它们还是不往对岸游，而是紧贴着岸边游来游去，拼命想返回大部队。德莱尼在羊群中像鹤一样高大，水性也很好，他接着又往水里扔了十几只，并跟着它们跳进水中，抓住一只正在挣扎的羯羊，把它拖到了对岸。但他刚一松手，这只羯羊就跳进水里，游回了围栏处，跟它那群惊慌的同伴待在一起。看来羊的天性就和地心引力一样无法改变，就算是潘神[1]冲着它们吹笛，恐怕也没什么用。此时我们已无计可施，这些愚蠢的家伙宁死都不肯过溪。浑身滴水的德莱尼和我们商量了一番，最后决定，现在只能试着让羊群饿上一阵子，我们可以先在这儿安顿下来，让受困的羊群忍饥受冻，也许可以让它们渐渐恢复理智（如果还有理智可言的话）。就这样，几分钟后，最前面的一只冒险者率先入水，勇敢地游向了对岸。忽然间，所有羊都一股脑儿地跟着它往下冲，在水里互相踩踏着，我们则试图拦住它们，不过也都是徒劳。它们在水里拼命喘息，发出咕噜噜的声音，显然已经溺水，德莱尼跳进羊群最拥挤的地方，左右推搡着，仿佛这些羊都变成了一根根浮木。在水流的帮助下，拥挤的羊群很快被冲散成一条弯曲的长队，几分钟后，所有羊都游到了对岸，开始咩咩地叫着吃草，仿佛一切

---

[1] 希腊神话里的牧神。

如常。没有一只羊被淹死，简直太神奇了。我还以为会有成百上千只羊顺着世界上最高的瀑布被卷进约塞米蒂，迎接它们浪漫的宿命。

由于天色已晚，我们便在离岸边有一小段距离的地方扎营，让湿漉漉的羊群四散觅食，直到日落时分。现在，它们身上已经干了，都在平静地反刍着白天吃下的食物，看起来舒服极了，仿佛之前的水上大战从未发生过一样。有时候把鱼从水里捞出来都比把羊赶进水里容易。羊的头脑肯定愚笨得可怜。小鹿可以静静游过湍急的大河，甚至可以穿过海洋与湖泊，从一座岛游到另一座岛。狗也会游泳，甚至还有传言称，连松鼠都可以挑一块木片作船，用自己的尾巴作帆，舒适地随风摆动，横渡密西西比河。相比之下，羊群今天的表现可就逊色多了。单独一只羊甚至称不上是动物，哪怕是整个羊群，也只能算作一个愚蠢的个体。

第五章

THE YOSEMITE

约塞米蒂

7月15日

我们沿着莫诺小径,顺着盆地东部边缘一路攀登,直到接近山顶,然后转身向南,进入一片延伸到约塞米蒂边缘的小山谷。到达约塞米蒂时已近正午,我们随即在此安营。吃完午饭,我匆匆前往高地,并在印第安峡谷西侧的山脊顶端欣赏到了我迄今为止见过的最壮丽的山顶风景。默塞德河上游盆地的风貌几乎全部映入眼帘:一处处穹顶和峡谷气势恢宏,幽暗的森林向上延伸,耀眼的白色山峰高耸入云,所有景物都熠熠生辉,散发浸人骨髓的炽热魅力。阳光普照万物,没有一丝微风来扰动这深沉的寂静。我从未见过如此壮丽的风景,从未见过这般浩瀚的崇山之美。再夸张的语言也不足以让我对没有亲眼见过这类奇景的人描绘出它的壮观,以及那笼罩其上的精神光辉。我在狂喜之中大声高呼,手舞足蹈,甚至吓到了我的圣伯纳犬卡洛,它跑到我身边，智慧的双眼中流露出困惑和担忧，神情非常滑稽，也让我回过神来。一头棕熊似乎也看到了我的"表演"，因为我才走了几步，就把它从灌木丛里惊了出来。这头熊显然觉得我很危险，因为它跑得飞快，匆忙中还翻过了一丛繁芜的熊果灌木。卡洛向后退了几步，耷拉着耳朵，好像很害怕，还一直盯着我看，像是在等我追上去开枪，因为它已经见识过不少与熊搏斗的场景了。

沿着向南逐渐下降的山脊继续前行，我终于来到了巨大悬崖的顶端。悬崖位于印第安峡谷和约塞米蒂瀑布之间，站在这里，这个闻名遐迩的山谷在刹那间近乎一览无余。无论是宏伟的峭壁，还是被雕刻成无数圆顶、山墙、尖顶和城垛的素朴岩壁，都随着隆隆的瀑布声颤动。平坦的谷底仿佛被装点成了花田，到处都是铺满阳光的草地，松树林和橡树林点缀其间，默塞德河从中庄严流过，闪烁着粼粼的波光。巨大的"蒂斯雅克"——即半圆顶峰——耸立在山谷顶，高度接近一英里，比例匀称，如有生命，是所有岩石中最令人印象深刻的一个。它一次次将人们的目光从瀑布、草地，甚至远处的群山吸引过来，让人们由衷地生出虔诚的敬畏与赞叹。壮观的悬崖高耸而陡峭，形状和纹理尽显大自然的鬼斧神工，也透着一股坚韧不拔的品质。数千年来，它们矗立在这片天空下，经受暴雨风霜、地震雪崩的考验，却依然绽放出青春的光彩。

我沿着山谷边向西漫步，山谷边缘大都已被磨得圆润了，因此很难找到一个能顺着壁面望向谷底的地方。而每当我找到合适的位置，便会小心翼翼地落脚并挺直身体。当然，我也会忍不住担心岩石裂开，让我掉下去——从这儿到谷底有 3 000 多英尺，真摔下去可不得了！不过，我的四肢却没有发抖，也丝毫没觉得站不稳。唯一让我担忧的是那一片薄薄的花岗岩，它上面多少有些裂开了，而且方向与悬崖面平行，有可能会坍塌。每次从这种危险的地方离开，为刚刚收获的美景激动不已时，我总会对自己说："可别再去悬崖边了。"可面对约塞米蒂的美景，任何谨慎的自我劝诫都是徒劳，在其魅力的蛊惑下，人的身体仿佛会不受控地走向想去的地方。

这段令人难忘的悬崖之路约有一英里长，走过之后，我便来到了约塞米蒂溪，欣赏它那从容、优雅而自信的姿态。它在狭窄的河道中勇敢地向前奔流，在命运之路上唱起最后一首山歌——溪水在闪闪发光的花岗岩上再流过一段距离，便跌落半英里高的悬崖，激起绚丽的泡沫，进入另一个世界，汇入默塞德河，来到一个气候、植被、居民都与之前不同的地方。从最后一个峡谷出来，溪水变成了蕾丝般的宽阔急流，流下平滑的斜坡，进入一个水潭，仿佛要在那里小憩片刻，让躁动的灰色溪水在飞流直下以前平静下来，然后慢慢滑过水潭边，以极大的加速度流过另一个光滑斜坡，到达巨大悬崖的边缘，最后带着崇高而坚定的信心，自由地跃入空中。

我脱掉鞋袜，小心地顺着奔腾的溪水一路下行，双手双脚都紧紧贴着光滑的岩石。轰隆隆的溪水从我头顶流过，非常刺激。

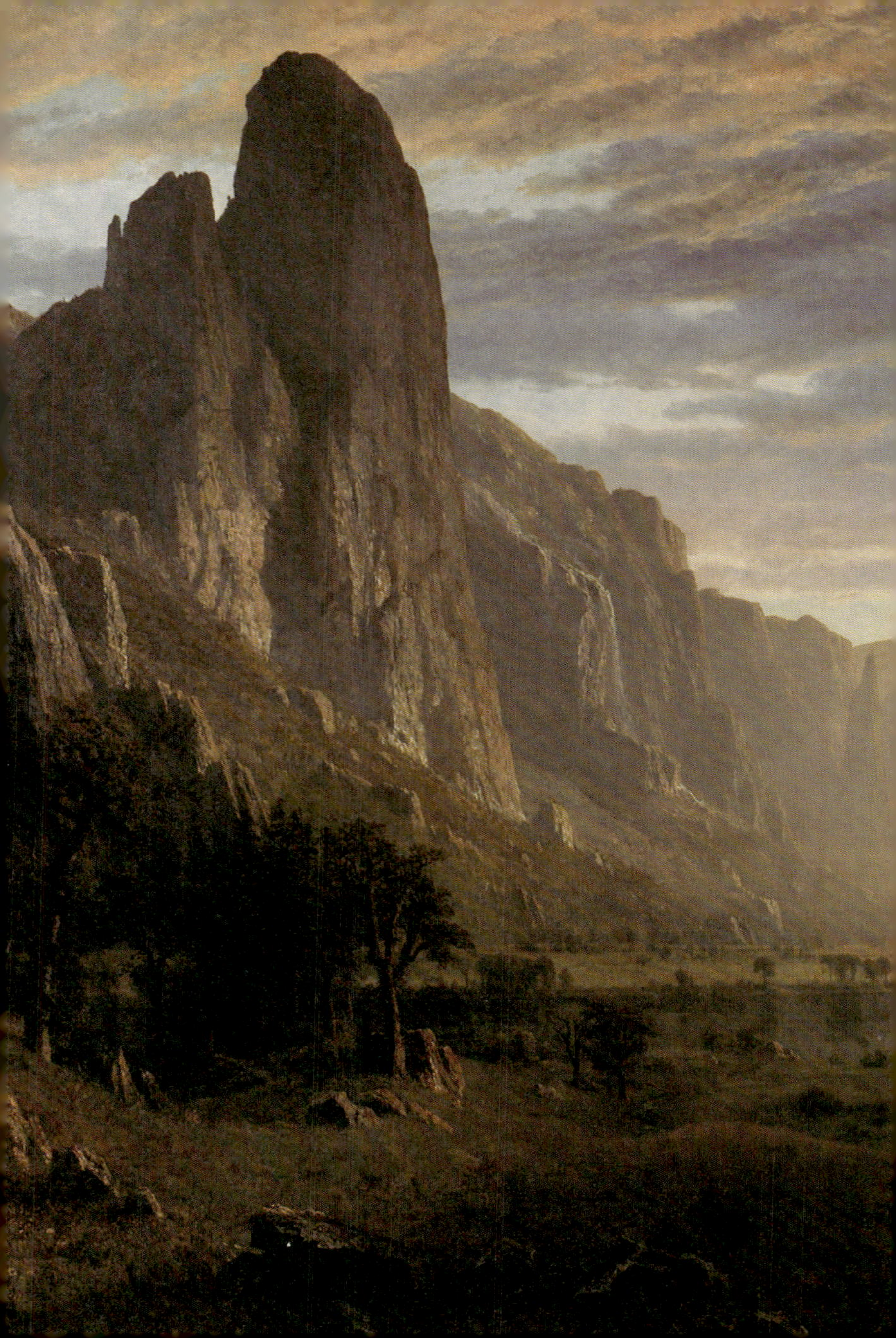

《俯瞰约塞米蒂山谷》
1865年,阿尔伯特·比兹塔特 绘
伯明翰艺术博物馆

我本以为斜坡会和山谷的垂壁相接，那里坡度较小，我可以倾身远眺，观察瀑布全程的形态和流动。但后来，我又发现一处隆起的岩壁挡住了我的视线，它坡度太陡，普通人根本无法落脚。我又仔细观察了一番，在边缘处发现了一个3英寸宽的狭长平台，刚好可以把脚后跟踩在上面，但我似乎无法越过如此陡峭的山脊走到平台上。经过对岩壁的仔细观察，我最终发现了一块不规则的岩片边缘，它距离洪流边还有一段距离，而要想走到山脊边，这块粗糙的岩石边缘就是唯一的通道，只有在这里，我才能找到几处小小的抓手。然而旁边的斜坡看起来又光滑又陡峭，非常危险，咆哮的激流也在我脚下、头顶和身旁挑战着我的胆量。因此，我决定不再冒险，可后来还是按原计划出发了。附近岩缝里长着几簇蒿草，我便把这些苦叶子塞进嘴里，希望能防止眩晕。然后，我以平时从未有过的谨慎往下爬，最后安全抵达了小岩架。脚跟牢牢踩在上面，并水平挪动了二三十英尺，靠近下冲的水流。到了这个高度，水流已经泛白了。这里视野开阔，毫无遮挡，我可以尽情俯瞰那一队队雪白的、彗星般的细流歌唱着汇入瀑布的主体，不久后又分散开来。

　　站在那个狭窄岩架上，我并没有明显感知到危险的存在。我近距离地观察到了瀑布，听到了它的声音，感受到了它的气势，心中的恐惧也变得微不足道。在这样的地方，人的身体自然会小心地保护自己。我也不清楚自己在下面待了多久，又是怎么回去的。但无论如何，我度过了一段美好的时光，直到天快黑时才返

《从冰川点遥望约塞米蒂瀑布》

1879年，威廉·基思 绘

大都会艺术博物馆

回营地，心中享受着胜利的喜悦，但这喜悦很快就变成了乏味与疲倦。以后，我会尽量少去这种过于刺激、让人神经紧张的地方。不过，今天的冒险还是值得一试的。这是我第一次看到内华达的高山，第一次俯瞰约塞米蒂，第一次听到约塞米蒂溪吟唱的死亡之歌，亲眼看着它飞跃广阔的悬崖——每个经历都足以成为我一生珍藏的风景。今天是我终生难忘的一天，说得夸张些，这种快乐足以让我陶醉至死。

7月16日

　　昨天下午，尤其是站在瀑布顶端时，我真的是兴奋过头了，以至于晚上都没法好好睡觉。昨晚，我不断因为太过紧张而从睡梦中抽搐着惊醒，半梦半醒间，我竟以为营地所在的山体已经塌陷，正朝着约塞米蒂山谷下落。我努力将自己唤醒，想重新睡个好觉，却也不过是徒劳。由于神经过于紧张，我一次次梦见自己冲入空中，周围是纷飞的流水与岩石，壮观如同雪崩一般。有一次，我甚至忽然跳起来，说："这次是真的了，我们所有人都得死，这可是登山者无上荣耀的死法了！"

　　日出后不久，我们便离开营地，向东漫游了一整天。首先穿过的是印第安盆地顶端，那里长满了红冷杉，下方则是以山地美洲茶和熊果树为主的灌木丛。山地美洲茶多刺，在积雪的重压下长成了一大片密实的丛林；熊果树的枝干则弯曲而坚韧。这两种植物混在一起，人便很难从上面踩过，也很难从中穿行。从峡谷顶端继续前行，途经北圆顶，进入圆顶溪（或称豪猪溪）的盆地。这里的树林中镶嵌着很多美丽的草场，其上长满了矮小百合等植物。此处海拔约 8 000 英尺，似乎是百合的最佳生长地带，我看到的那几株百合比我还高了一两英尺。后来，我还看到了更高、更壮丽的山峰，看到了巨大的南圆顶——据说它是世界上最雄伟的岩石，这话或许不假，因为其大小和形状都十分威严。它的线条精致细腻，像一座恢宏的纪念碑，令人印象深刻。其体积虽然庞大，却像是一件最精美的艺术品，仿佛具有生命。

7月17日

今天，我们在一片壮观的银杉林里建起了新营地。一条小溪从此发源，沿印第安峡谷流入约塞米蒂。我们打算在这儿待上几周。这个位置非常不错，方便我到大峡谷及附近的源泉游览观光。在这段美好的日子里，我可以尽情写生，制作植物标本，研究奇妙的地形和野生动物——这些动物是我们快乐的邻居和伙伴。可是那远处广袤的群山呢？我能否有机会了解它们，能否深入其中，与它们和谐地共处呢？

大约正午时分，一场骤雨来袭，雄浑的雷声在群山和峡谷之间回荡。有的雷声近在咫尺，轰然炸响，尖锐地划破了山间紧张而又清新的空气。与此同时，壮丽的远山在云雾和雨幕中若隐若现。而现在，暴雨已经过去，干净的空气中弥漫着花朵与林木的清香。若是在冬季，约塞米蒂山谷的暴风雪一定会更壮观。真希望能有幸一见！

我已经把新营地的床铺好了——这张毛茸茸的床看起来很奢华，散发着一股清香，主要是由红冷杉的针叶铺成的，枕头上还有各种甜美的花朵。希望今晚能睡个好觉，不再神经紧张、噩梦连连。我还在这儿看到一只鹿在啃食美洲茶的枝叶。

7月18日

昨晚睡得很香。虽然我曾又觉得自己仿佛站在山崖边，旁边就是泛着白沫的洪水在奔腾，但这次崖壁似乎没有坍塌。奇怪的是，我现在明明置身于宁静森林的胸臆，瀑布远在一英里开外，但我现在所经历的恐惧甚至比身在山崖时更严重。

从足迹来看，这里常有野熊出没。大约正午时分，又一场暴雨席卷山间，随之而来的还有骇人的雷鸣，如金属相撞一样铿锵震耳。不久，这巨响又慢慢减弱，变成低沉的隆隆声，仿佛在远处喃喃。几分钟后，倾盆大雨如瀑布般落下，冰雹也接踵而至。

有些冰雹直径约 1 英寸,又冷又硬,形状也不规则,与威斯康星常见的冰雹类似。卡洛睁着它智慧的双眼,惊讶地看着冰雹噼里啪啦地砸在颤抖的树枝上。天上的云景也壮丽非凡。午后是一片静谧,阳光明媚,天朗气清,弥漫着冷杉、鲜花和大地散发出的清香。

7 月 19 日

我清早起床,观赏山间的黎明和日出。天空泛着淡淡的玫瑰色和紫色,后来又渐渐变成水仙般的黄和白。阳光从山峰之间倾泻而下,照亮约塞米蒂的圆丘,让它们的边缘仿佛燃烧着熊熊火焰。中间地带的银杉也在尖顶处闪耀着光芒,我们营地周围的树林同样在一片绚烂里颤动着。苏醒的万物都变得机灵而快活,鸟儿开始活跃,无数昆虫也蠕蠕而动,小鹿悄悄躲进灌木丛的隐蔽处。露水蒸发,花朵绽放,万物的脉搏都在跳动,一切生命欣欣向荣,连岩石都仿佛在打战,像是有了生命。整幅景致就像一张容光焕发的热情脸庞。地平线周围的天空呈淡蓝色,仿佛一朵巨大的鲜花,平和地低垂,笼罩着万物。

大约中午时分,森林上方又像往常一样,开始出现大团蓬松的积云。随后,暴雨从云团中滂沱而下,这场雨也是我迄今见过的最壮观的大雨。银色的锯齿闪电比以往拉得更长,雷声震撼人心——那是一种尖锐的巨响，强烈而有力，蕴藏着极大的能量，仿佛每道雷都能将整座山劈个粉碎，但其实它可能只是击开了几棵树而已。我在附近散步时，曾看到地上散落着很多雷击后留下的碎木。最后，干脆的雷鸣变成深沉的低音，越来越弱，直至隐没在远山的回唱中，仿佛那里在迎它回家。接着，又是一串串洪钟似的雷声，撞击，碎裂，接连不断。或许又要有几棵巨松或冷杉被从头到脚劈成长长的木条或碎片，散落到四面八方。这时，雨水接踵而至，恢宏的气势与前面的惊雷不相上下。整片大地不论高低，统统覆上一层流水做的亮膜，它像透明的皮肤一样紧贴着山体崎岖的筋肉，让岩石闪闪发光。雨水最后汇聚在峡谷中，使溪水泛滥成洪水，在大雨中咆哮，仿佛在回应天上的雷声。

追溯每滴雨水的历史，我们也能获得不少乐趣！据我们所知，就在从地质角度来看的不久前，内华达山脉形成伊始，就已经有第一滴雨落在了寸草未生的山谷上。而现在这些雨点的命运却多不同！它们很幸运，能够落在如此美丽的荒野。但凡是内华达山区的雨水，几乎都有美好的归宿——有的落在山顶，有的落在冰川打磨过的闪亮岩板，有的落在大而光滑的圆顶，有的落在森林、花田和灌木丛生的冰碛土上。雨水飞溅着，闪光着，吟唱着，荡涤着。有些雨水汇入了高山积雪融化而成的溪流，使其更加充盈；有的进入湖泊，将这山脉之窗擦洗得干干净净，轻轻拍打着明镜般的湖面，拍出了小坑、气泡和水花；有些落入大大小小的瀑布，仿佛迫不及待地要和它们合唱共舞，想把它们的水花拍打得更加细腻。这些山中的雨滴是幸运的,也是宝贵的,它们每一滴都是飞流直下的瀑布,从云上的悬崖和洞穴涌出,最终在岩石的悬崖和洞穴落脚,在雷鸣声中离开云层,又在湍流声中汇入河流。有的落进草场和泥地,悄然潜入草根,像是轻轻地藏进自己的巢穴,四处滑动、流淌,寻找大自然分配的任务。有些雨滴顺着树木的尖顶滑落,穿过闪闪的针叶,过滤成了水雾,向一切枝叶传递平和与快乐。有些雨水幸运地命中了目标,落在石英、角闪石、石榴石、锆石、电气石和长石上,在这些晶体表面闪闪发光,滴滴答答地拍在金粒上,也拍在磨损的重金块上。有些雨水重重拍打着藜芦、虎耳草和杓兰的宽叶片,发出低沉的噼啪声和鼓点声。有些雨点直接欢快地落入花冠中,亲吻百合的唇瓣。它们究竟要走多远,要填满山间多少大大小小的容器!有的容器小到肉眼无法看见,有的只能装进半滴雨水,还有一些则是丘陵间广袤的湖泊低地,它们用同样认真的态度将每一件容器填满。每一滴雨都是一颗银色的新星,承载着美好的祝福,将河流与湖泊、花田与树林、山谷与山脉这一切景色映入其剔透的内心。它们是上帝的使者,是爱的天使,以庄严而华丽的姿态展示着自己的力量。在它们面前,就连人类最伟大的表演都显得拙劣可笑。

　　现在,暴雨停了,碧空如洗,最后一波轰鸣的雷声也在山峰中消散,而雨滴又去了哪里呢?那些闪闪发光的水滴都变成了什么?它们有的变成水汽,匆匆飞回了天上;有的进入植物体内，穿过肉眼无法看见的小门，爬进了圆圆的细胞；有的结成了冰，或被锁进岩石结晶；有的钻进多孔的冰碛，进而形成条条小溪，在山间川流不息；还有的则与河水一起踏上了奔流入海的旅程。它们转变着形态，以不同方式展现着自身魅力，不断变化，永不停息，带着爱的热情奔涌向前，和星辰一起唱着永恒的创造之歌。

7月20日

一个美好而宁静的早晨，空气稀薄而清新，一丝风都没有。万物闪耀着光芒，岩石上挂着湿润的结晶。植物含着晨露，在阳光下折射出彩虹，就像吃早餐的动物一样，享受着专属的阳光和雨露。那甘露就像是从璀璨夜空落入大地的繁星。露珠中的微粒多么奇妙，成千上万颗微粒才能构成一滴晨露，它们在黑暗里生长，悄无声息如同野草一般！为了维持这片荒原的健康，大自然要付出多少心血——它为这里带来雨雪、露水、灿烂的阳光、无形的水汽、云朵以及山风，还安排了各种各样的天气，让这里的植物和谐共生，诸如此类，简直超出想象！大自然的手段是多么精妙，它让这里由内而外都美不胜收！地面上铺满了结晶，结晶上又覆盖着苔藓、地衣和低矮的花草，它们与某些较大的植物交错堆叠，不断变换着色彩与形态，其上则是冷杉在舒展其宽大的枝叶。当然,最上层一定是蔚蓝的苍穹,它就像朵钟形的花,上面还点缀着群星。

南圆顶矗立在远方,虽然其底部位于我们营地 4 000 英尺之下,但其顶端却高过了营地。这块岩石高贵至极,仿佛若有所思,表面覆盖着一层跃动的光芒,完全不像没有生命的石块,周身充满灵性。它看起来既不沉重,也不轻盈,反而像神一样,拥有一股宁静的力量。

和我们同行的牧羊人是个怪人,和这片荒野有些格格不入。他睡在土坑里,身下是干燥腐木堆积而成的蓬松红土,旁边是羊圈南边围栏上的一根原木。他穿着那件极其耐穿的外衣躺在里面,裹着一条红毯子,将腐木的灰尘和羊圈里的尘埃一并吸入身体,仿佛决意要在嚼了一整天烟草后,再吸上一整夜的氨气。他跟在羊群后面,腰带一边摇摇晃晃地挂着一支六发左轮手枪,另一边则挂着午餐。午餐是刚出锅的煎肉,外面裹着一块古旧的破布,透明的油脂和肉汁透过滤布滴在他的右臀和右腿上,留下一条条柱状痕迹,像是密集的钟乳石。不过,当他坐下、翻身或在原木上跷起二郎腿休息时,这些油渍很快就被抹开了,它们均匀地扩散、渗进牧羊人单薄的衣料中,把他的衬衫和裤子弄得满是油光。特别是裤子,上面混合着油脂和树脂,粘着松针、树皮、纤维、毛发、云母片,以及石英和角闪石的小颗粒,还有羽毛、种翅、飞蛾和蝴蝶的翅膀、无数昆虫的腿和触须,甚至还能在上面找到完整的小甲虫、飞蛾和蚊子等昆虫,就连花瓣和花粉都没放过。可以说，当地所有动植物和矿石都在他裤子上留下了星星点点的痕迹，牢牢地粘在上面。他虽然算不上什么博物学者，却集齐了山间所有事物的残缺标本，他这条裤子已经比他以为的要贵重多了。与此同时，由于山间空气纯净，标本又有树脂和沥青的保护，所以这些残片始终保持着新鲜状态。人类本身可以算作一个小世界，至少牧羊人（或者说他的裤子）就是如此。他从没脱下过这条珍贵的裤子，没人知道它有多少年的历史，不过我们也可以根据其厚度和层次来推测一二。这裤子不是越穿越薄，而是越穿越厚，它的层理甚至还有重大的地质价值。

除了放羊以外，比利还承担屠夫的工作，而我则要清洗营地中为数不多的铁锡器皿，并烤制面包。等干完这些杂活以后，太阳刚好升到山顶，于是我便离开羊群，在荒野里自在地徜徉，尽情享受这永不褪色的时光。

我先去了北圆顶写生。那里只有零星几座高山，基本可以俯瞰山谷的全景。我很想将眼前的一切——岩石、树木和绿叶统统画到纸上。但很可惜，我只能描摹它们的轮廓。这些线条和文字一样富有意义，虽然只有我自己才能读懂，我还是削尖笔头，继续画了下去，仿佛除了我还有其他人能从这些画中获益。至于这些素描最后是会像落叶一样消失，还是会像书信一样寄给朋友，答案并不重要。因为对于没有亲眼见过这般景致的人而言，我的画作几乎无法传递任何内容，它就像一门语言，如果没有被真正学习和掌握，也就无法传达其中含义。这里没有痛苦，也没有空虚无聊的时光，没有对过去的恐惧，亦没有对未来的担忧。得天独厚的山峦充满了神性之美，个人微不足道的过去与未来在此烟消云散。山间的清泉就像可口的香槟，畅饮一口便能获得极致的享受。同样，呼吸这里的新鲜空气也让人心旷神怡。置身于美景之间，人们能从一举一动中获得快乐，整个身体似乎都能感受到周遭的美丽，就像置身篝火旁或是阳光下，不仅能从眼睛看到其光芒，还可以透过血肉感受到它们放出的热量，带来一种难以言状的激情与喜悦。我的身体仿佛格外和谐、匀称，就像一块通透的水晶。而我像一只苍蝇一样停在约塞米蒂的圆顶上，凝视着，勾勒着，沉醉于阳光中，并时常产生难以言说的赞叹。我觉得自己不一定能在这儿学到很多，但也没有完全放弃希望，仍然怀着强烈的求知欲在不懈努力，谦卑地匍匐在广阔群山所展示的上帝力量之前，并渴望通过不停的努力来达到克己和忘我的境界，进而从这神圣手稿中获益。

在约塞米蒂，我们可以自然而然地感受到它的壮丽，但要想真正理解，或向他人解释这种壮丽，可就没那么容易了。宏伟的岩石、参天的大树和奔涌的溪流巧妙组合，宛如一体。高大的树木密密麻麻地生长在 3 000 英尺高的崖壁边缘，就像长在低地山丘上的小草，并在悬崖脚下延伸出一条一英里宽、七八英里长的绿带，看起来就像一条一天内就能打理干净的绿荫小道。山间的瀑布高度不等，最低的有 500 英尺，最高的则为一两千英尺。尽管它们的吼声响彻山谷，让岩石为之颤抖，但在雄伟的峭壁的衬

《约塞米蒂山谷的北圆顶》
1889年,阿尔伯特·比兹塔特 绘
伯明翰艺术博物馆

托下，它们就像是缕缕轻烟，如浮云般温柔。东方天幕下群山环绕，前方还耸立着一座座圆丘，二者间的山脉如波涛般涌动，一浪高过一浪。山谷中覆盖着深色的树林，在一片繁盛的景致中保留着一份宁静，而这又进一步掩盖了约塞米蒂圣殿般的奇景，使其在广阔、和谐的景致中呈现一种臣服的姿态。每当我尝试欣赏某一单个景物时，视线总会被周围的一切掳走。只是这样还不够，瞧！又有一座山脉出现在天际，它与下方的山脉一样崎岖而雄伟——有雪峰，有圆丘，有昏暗的约塞米蒂山谷——简直是内华达雪山的翻版。一场雷雨预示着新生的到来。大自然一面温柔地呵护着美好的事物，一面又猛烈而虔诚地展露着她的狂野。她用雨露灌溉百合，为它上色，给它温柔的抚摸，像园丁一样悉心照料着每一朵花。同时，大自然也建造出坚不可摧的山峦，以及蕴藏着雷电和雨水的云山。我们开心地跑到一座凸出的悬崖下避雨，仔细观察着悬崖下的蕨类植物和苔藓，它们生长在缝隙之中，仿佛在诉说温柔的爱意，使人心安下来。雏菊和鼠莓也是如此，它们是阳光下的天真孩童，身材娇小，没有任何危险。这些可爱的花草给人一种温馨的感觉，连暴风雨的声音都变得温柔起来。而现在，太阳出来了，芬芳的水汽蒸腾而起。鸟儿飞出巢穴，在树林边缘歌唱。西方的天空闪烁着金色和紫色的光芒，准备迎接盛大的日落，我则带着笔记和素描回到营地，但最好的画面却如梦似幻地留存在我的脑海。真是充实的一天，它不知从何时开始，也不知在何时结束，这是尘世的永恒，是仁慈的上帝的赐物。

我给母亲和几位朋友写了信，每封信都提到了这里的山脉。他们仿佛与我近在咫尺，触手可及。越是离群索居，越是感受不到孤独，和朋友的距离也越近。现在，我吃完面包，喝完了茶，躺在冷杉床上，和卡洛道了晚安，再看一眼百合般的星辰，然后沉沉睡去，直到内华达山脉迎来下一个黎明。

7月21日

继续在圆顶上写生——今天没有下雨。云朵大约占据了正午天空的四分之一，在溪水发源的白色雪山投下美丽的阴影，在炎热的时段里为花田洒下一片阴凉。

我看到了一只普通的家蝇、一只蚂蚱和一头棕熊。家蝇和蚂蚱在丘顶与我愉快地相遇，而我则在圆顶和营地之间那块繁花似锦的小草地中央碰到了棕熊。彼时，它正警觉地站在花丛当中，似乎想展现自己的强大。今天早上，我刚往营地外走了不到半英里，原本在我前方几码处小跑着的卡洛忽然警惕地停下脚步。它的尾巴和耳朵低垂着，灵敏的鼻子向前探了探，好像在说："咦，这是什么？我猜是头熊。"接着，它又小心往前走了几步，像捕食的小猫一样轻轻放下爪子，在空气中搜寻刚刚捕捉到的气味，直到得出确切的结论。他随后回到我身边，看着我的脸，用那双会说话的眼睛告诉我附近有头熊。接着，它又蹑手蹑脚地往前走，就像一个经验丰富的猎人，没有发出一丝声响，还时不时回头看看，仿佛在低声对我说："没错，是头熊，跟我来，我带你去看。"很快，我们便来到一片明亮的区域，那里有阳光透过冷杉的紫色树干投射进来，说明我们即将进入开阔地带。就在此时，卡洛来到我身后，它确信熊就在附近。我悄悄移动到小草地的边缘，缓缓爬上低矮的冰碛石脊，我非常确定棕熊就在这片草地上。我急切地想在不惊动它的情况下，好好看看这位强壮的山民。于是，我挑了一棵最粗壮的树，悄无声息地躲到后面，微微探头，越过隆起的树干向外瞥视。那头棕熊与我们近在咫尺，它的屁股被高大的花草挡住了，一双前掌抵着一根躺倒在草地的冷杉树干，头抬得很高，仿佛直立了起来。此时，它还没有发现我，但一直在专心致志地观察、聆听，这表明它多少已经意识到我们的靠近。我生怕它一看到我就逃跑了，于是便注视着它的一举一动，想抓紧机会尽可能多了解它一些，有人告诉我，这种黄棕色的野熊通常见人就逃，除非受伤，或是要保护幼崽，否则绝不会攻击人类。而此时，这头熊正警觉地站在阳光灿烂的森林花园中，构成了一幅生动的画面。它和林间其他景物一样，与周围的环境完美融合，壮硕的身形、蓬松的黄棕色毛发与树干、茂盛的植被相得益彰。我从容地观察了一番，看到它好奇地向前探着那张尖嘴，宽阔的胸膛上有蓬松的长毛，僵直的耳朵几乎全被毛发盖住了。它转头的样子缓慢而沉重，我想也许该看看它奔跑时的步态。就这样,我忽然朝它冲去,一边喊一边挥着帽子吓他,想看它仓皇逃跑的样子。但令我失望的是,它没有跑,甚至没有要跑的意思。相反,它就站在原地,做好了战斗和防御准备,低着头向前探,用锐利而凶狠的眼神看着我。这时,我忽然意识到我可能得赶紧逃跑了,但我又不敢跑,所以我仍然和熊一样站在原地。就这样,我们隔着十几码的距离庄严而沉默地对视着。此时,我真希望人类的眼神能像传说中那样,对野兽产生强大的震慑力。我不知道这场可怕又难熬的对峙究竟持续了多久,总之,等到时机成熟时,它终于把巨大的熊掌从原木上移开了,然后庄严而从容地转身,悠闲地走向了草地另一边,还时不时停下脚步,回头看我有没有跟着它,然后继续往前走。显然,它不怎么怕我,但也不是特别信任我。它大概有 500 磅重的样子,体型庞大,毛发如铁锈一般,有着难以驯服的野性,在美好的山间过着幸福快乐的生活。我看到它的那片林间空地繁花盛开、风景如画,是我目前发现的最好的花田之一,它像一间温室,里面培育着大自然的珍贵植物。高大的百合在熊背上方摇动着它喇叭状的花朵,还有天竺葵、飞燕草、耧斗菜和雏菊拂过它的身旁。可以说,这里不是熊的家园,而是天使的故乡。

野熊在这壮丽的峡谷中掌握着无上的统治权。它们是一群幸福的家伙,有成千上万种食物可供选择,只留有一种就不至于遭受饥荒。它们的粮食陈列在山里,就像放在储藏室里一样,全年不断。它们爬上爬下,将山里搜了个遍,在不同的天气品尝不同的食物，仿佛跨越了上千英里，来到南北各国，享用着各种各样的珍馐。我还想进一步了解这些毛茸茸的兄弟——但今天早上，在这头与我们比邻而居的约塞米蒂棕熊大摇大摆地离开视线后，我还是不情愿地回到营地，拿上德莱尼的步枪，以便在必要时保护羊群，将之射杀。幸好我没有找到它，在朝霍夫曼山追踪了一两英里后，我默默为它献上祝福，然后欣然回到约塞米蒂的圆顶，继续我的工作。

我一边坐着写生，一边回味着之前与棕熊的会面。此时，自在的家蝇也在我身边嗡嗡地飞来飞去。这种飞虫食量很大，又怕冷，更适合在宜人的环境里生存。我很好奇，究竟是什么把它们吸引到了这片山区，它们又是如何跨越海洋、大漠和群山，无视这些决定动植物分布的重要边界，从一片大陆来到另一片大陆的？甲虫和蝴蝶有时只能在小范围内活动。一条山脉中的每座山峰，甚至一座山的不同区域，都可能存在当地独有的物种，但家蝇似乎无处不在。不知道大洋中有没有哪座岛上是没有苍蝇的。约塞米蒂的树林中有很多青蝇，它们产卵量惊人，时刻准备在腐肉上繁殖后代。此外，这里还生活着大黄蜂，它们享用着取之不尽的花蜜和花粉。蜜蜂虽然在山麓很常见，但还不曾出没在海拔这么高的地区。而第一群蜜蜂来到加利福尼亚的时间，距今也不过几年而已。

另一种古怪而快乐的生灵是蚂蚱。它们会到山上远足，我也不知道它们究竟爬了多高，但至少和约塞米蒂的观光客到达了同样的高度。今天下午，有一只蚂蚱在半圆顶上为我带来了一场歌舞表演，那热情活泼的样子引起了我的兴趣。它滑稽可爱，充满活力，先是往上蹦了二三十英尺，然后向下俯冲，再跳起来，并在下降到最低点时发出清脆的响声。它上上下下跳了十几次，每跳一次就唱上一句，然后落下休息一会儿，再接着跳。它一边俯冲一边发出沙沙声，在空中划出一道道弧线，弧线两端高度相同，就像松散悬挂着的绳索，每一次跳跃的轨迹都与之前高度重合。在我曾见过或是听说过的大大小小的生灵中，没有任何一种能比它更勇敢、活泼、热情、无忧无虑地享受生活。这有趣的红腿蚂蚱是山中最快活的孩子，它的生命中似乎只有纯粹而浓烈的快乐。在我看来，所有生物中也就只有道格拉斯松鼠能像它一样热情奔放、自在喧闹、无拘无束。神奇的是，雄伟的群山竟然也因为这古怪的生灵而变得热闹、欢快、灵动。通过它，我似乎看见大自然打着响指，发出孩童般的欢呼，驱散了世间所有的沮丧和忧郁。不知蚂蚱这清脆的叫声是怎么发出来的。它停在地上时就一点声音都没有，飞行时也安安静静的，只有按弧形轨迹俯冲时才有声音，这个俯冲动作似乎是它发出鸣叫的必要条件。动作越猛，随之而来的那种欢快的沙沙声就越响亮。我试图在它中场休息时凑近观察，但它不让我靠近，一直盯着我看，还时刻摆出一副准备起跳的姿态，一有情况就马上逃跑。这小家伙用舞蹈为我带来了一场精彩的布道，它的讲坛就是恢宏的圆顶，人们往往会到这样的地方寻找"冥石之中暗藏的无言启示"[1],却不会来此聆听蚂蚱的布道。对小小的传道者而言,这讲坛实在太壮观。只要大自然能发出如此欢快的声音,世界就不会变得虚弱无力。就连野熊也无法像这只滑稽可爱的小虫一样为我生动地传达出大山的野性、健康、力量与欢乐。它的生活永远温暖灿烂,没有忧虑的阴云,也没有潦倒的寒冬。对它而言,每天都是节日,而当生命的黄昏来临之时,我想它也许会蜷缩在林地上,像花朵和绿叶一样凋零,不会留下可怖的遗体,也无须特意埋葬。

太阳落山了,我也该回营地了。晚安,我的三位朋友。粗犷健壮的棕熊活力满满,快乐地生活在伊甸园般的树林和花田;躁动不安的苍蝇用薄纱般的翅膀扰动着整个世界的空气;蚂蚱发出清脆的声响,闪耀着欢乐的火花,宛如孩童的笑声,为庄严的群山注入活力。谢谢你们,谢谢你们三位令人愉快的陪伴,愿上苍保佑每个带翅膀和有四肢的生灵。晚安,三位朋友,晚安。

7月22日

今天早上,一只漂亮的黑尾鹿蹦蹦跳跳地经过营地。这是一只雄鹿,鹿角大张,展现出一种令人赞叹的活力与优雅。荒野中

---

[1] 原文是"sermons in stones",该典故出自莎士比亚《皆大欢喜》。

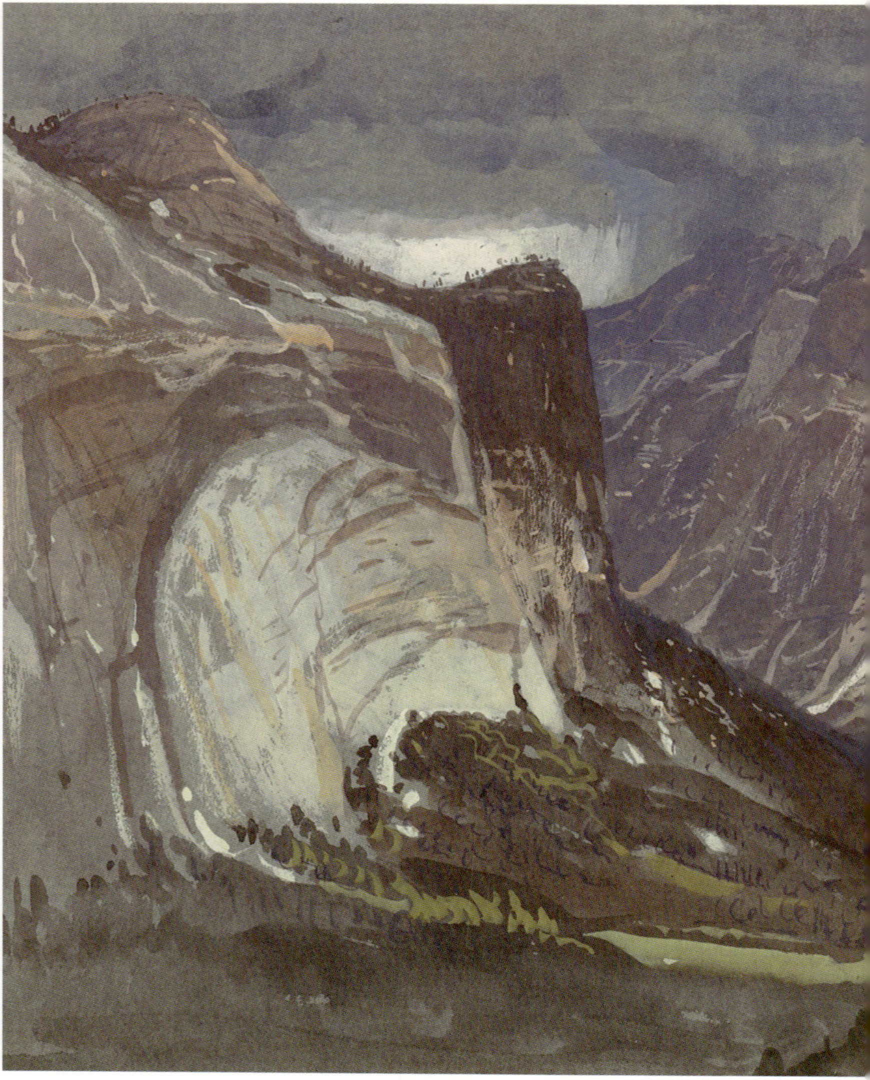

《半圆顶和皇家拱门,约塞米蒂,冰川点》
1870年,塞缪尔·科尔曼 绘
美国国家美术馆

的动物的一举一动都是那么美丽、优雅、充满力量,它们只接受大自然的呵护,而我们驯养动物的经验却让我们担心,这些"被忽视"的野生动物可能会逐渐退化。但实际上,在大自然的教养下,野兽们似乎具备了各种卓越的品质。和所有野生动物一样,野鹿就跟植物一样纯净。无论在保持警觉时,还是在休息放松时,它们的动作和姿态都那么美丽,甚至比跳跃时那种活力洋溢的样子更让人惊叹,每一个动作和姿态都雍容尔雅,富有诗意。人们常说,大自然母亲其实根本不像个慈母。然而,无论在什么样的天气和荒野环境下,她都在以一种极其睿智、严厉而又温柔的方式关爱着、呵护着她的孩子。随着和鹿的接触越来越多,我对这些山民的敬佩也愈加强烈。它们迈着稳健有力的步伐深入蛮荒之地,穿过茂密的灌木丛,跨越森林中倒下的树木和散乱的石堆,穿越峡谷、雪原和咆哮的溪流,永远那么勇敢而美丽。野鹿几乎可以在世界上任何地方安家:佛罗里达的稀树草原和小丘、加拿大的森林,乃至遥远的北方,处处都有它们的身影。它们在长满青苔的冻土上漫步,在江河湖海的怀抱中游泳,踏着浪花登上一座座岛屿,在群山之间奋力攀岩。无论身在何处,它们都能健康自在地生活,为每道风景增添美感。它们是真正值得赞颂的生灵,是大自然的杰作。

我现在的写生对象是一棵银杉,它矗立在营地东边几百码外的花岗岩山脊上。这棵树高大雄伟,还有一段非凡的经历。这棵树高约 100 英尺,生长在光秃的岩石上,根部扎进一条不足 1 英寸宽的风化裂缝中，并形成了一个凸出的底座，从而起到支撑树身的作用。其树干上斜插着一个断裂枯死的树冠，年代久远，饱经风霜，而现存的树干则由一根从断口下方冒出的新枝发育而成——这说明在这棵银杉小时候，曾有一场暴风雪从北方袭来，几乎将其折断。新生树干已经长得比枯死的那段更粗壮了，根据上面的年轮可以推测出其遭遇暴风雪的时间。神奇的是，一根侧枝原本是和其他环绕树干的树枝一起水平舒展的，后来却向上弯曲，直立生长，取代了原来的主干，让树木获得了新生。

除了这棵树外，还有很多松树和冷杉都见证了这场极其猛烈的暴风雪。有几棵 50~75 英尺高的大树折倒在地，像小草一样被埋了起来，树林大片消失，仿佛整个森林都被清空。直到来年开春，冰雪消融，林中找不到一根树枝，也看不见一根针叶。有些韧性较强的小树在春风的吹拂下重新站了起来。有的几乎完全直立，其余的多少还有些弯曲，而那些主干断裂的树苗则努力在断裂处下方选择一条侧枝，使其发育为新的主干。就好比一个背部折断的人不得不弯下身子，但在断裂点下方，还会重新长出一根笔直的脊柱，然后逐渐发育出新的手臂、肩膀和头部，从前的受损部位则逐渐凋亡。

大约正午的时候，庞大的白色云山和圆顶又像往常一样出现，它的山脊和山脉不断变化，仿佛大自然就热衷于此，几乎每天都不厌其烦地将这场景重复一遍，创造出永不褪色的美景。几道曲折的闪电划过天空，下了一场五分钟的雨，随着雨水渐停，天也放晴了。

7月23日

　　又是一团正午的云，它展示的力量与美感让人百看不厌，也令人心生绝望，因为这种力量与美感无法用任何画作或语言来诠释。可怜的凡夫俗子又能如何形容这云朵呢？每当我试图描绘那宏伟而闪耀的圆顶和山脊，幽暗的海湾和峡谷，以及那边缘如羽毛般的沟壑时，它们总会在顷刻间消失，不留一点痕迹。然而，天空中转瞬即逝的云山其实与脚下那更为稳定的花岗岩山体一样，都是坚实且不可或缺的。它们都要经历诞生与消亡的过程，在上帝的历法中，存续的时间也并无长短之分。我们只能在梦中怀着惊奇、崇拜与赞叹的心情欣赏这美景，连最能理解我们的朋友都无法体会到这么深切的快乐。庆幸的是，这云山中所有的晶体或是水蒸气，无论其质地的软硬，都不曾消失。它们会下沉，会隐匿起行踪，但这只是为了下次能以更美的姿态飘升在天空。我们总是因自己的工作、责任和影响而焦虑不安，但其实就算我们像岩石上的地衣一样沉默，这些问题也总会迎来应有的结果。

7月24日

　　晌午时分，云层覆盖了半个天空，带来了半个小时的大雨，荡涤着世间最纯净的风景。这场雨将山林洗刷得多干净！冰川擦过的山路和山脊一尘不染，圆顶和峡谷焕然一新，白雪皑皑的山峰好似泛着泡沫的海浪，它们看起来甚至比海水还要干净。天空中最后几抹云彩消失后，树林变得格外清新而宁静。几分钟前，每棵树都在兴奋地向咆哮的暴风雨鞠躬致敬，树枝也在疯狂地挥舞、旋转、摆动，仿佛在以无边的热情膜拜着。现在，尽管已经听不到这些树木发出的动静，但它们的歌声却从未停止。每一颗隐秘的细胞都在随着生命的旋律而跳动，每一根纤维都在像竖琴的琴弦一样颤抖，富含香脂的花朵和叶片散发出的芬芳在林间不断蔓延。难怪山丘和树林是上帝最初的庙宇，而人类越是用砍伐的树木和开采的岩石建造教堂，上帝的身影就越远、越模糊。我们营地所在的树林东边就有一座大自然建造的教堂，它由天然岩石雕刻而成，几乎具备传统的教堂结构，高约2 000英尺，上面装饰着尖顶和高塔，看起来高贵典雅，在潮水般的阳光下闪烁着跳动的光芒，就像一座有生命的森林殿堂，因此被称为"大教堂峰"。就连牧羊人比利有时也会转头看向这奇妙的山岩殿堂，不过他对所有岩石的布道都充耳不闻。他毫不为上帝绽放的美好光辉而动摇，就像在烈火中也不融化的冰雪。我一直想让比利到约塞米蒂的边缘看看风景，还提出要帮他看一天羊，这样他就可以像来自世界各地的游客一样欣赏这里的美景。我们的营地与那著名的峡谷只有一英里的距离,可他还是不愿意动身,甚至一点都不好奇。他说:"有什么好看的,约塞米蒂就是座峡谷,不过就是一堆石头,地上还有个大坑,很危险的,要是掉下去就麻烦了,最好还是离它远点儿。""比利,你想想那几条瀑布,想想我们那天穿过的宽宽的河流,它在空中往下落了半英里,你想想它,再想想它发出的声音,简直就像大海在咆哮。"就这样,我像个传播福音的教士一样,一个劲儿地向他介绍约塞米蒂。但比利说:"站在那么高的悬崖上,我肯定会害怕,会头晕,那边根本没什么可看的,就只有石头,我已经在这里看够了。那些花钱来看石头和瀑布的游客都傻乎乎的,没什么可说的。你可蒙不了我,我在这儿待很久了,可不会上你的当。"在我看来,像比利这样的人,他们的灵魂要么没有苏醒,要么就是已被世俗的快乐和烦恼所淹没了。

7月25日

云海又出现了。有的云像是完全成熟、开始腐烂的果实,看起来脏兮兮、湿漉漉的,让风吹得支离破碎,天空也因此变得凌乱。但在内华达山区,夏日正午的云团就不会呈现如此景象。所有云朵都很漂亮,弧形的轮廓清晰流畅,就像冰川打磨过的圆丘。上午 11 点左右，云团开始聚集、膨胀，从高处的营地向上看，云朵格外清晰，仿佛触手可及，让人不禁想爬上这云山，去追寻那些从幽暗源泉中如山洪般倾泻而下的溪流。这些云往往会降下大雨，就像从山岩间喷涌而出的气势磅礴的瀑布。在之前的旅途中，我从未见过比这正午云山更新奇有趣的景致，它们色调优雅，以肉眼可见的速度聚积，形成千变万化的云团，描绘出多姿的画卷。多数情况下，再华丽的语言也无法描述出这种美感。它们时常让我想起雪莱的诗句"我筛落雪花，洒遍下界的峰岭山峦"[1]。

---

[1] 原文为"I sift the snow on the mountains below"，参考 [英] 珀西·比希·雪莱《雪莱诗选》，江枫译，北京：外语教学与研究出版社，2016 年。

第六章

MOUNT HOFFMAN AND
LAKE TENAYA

霍夫曼山与特纳亚湖

7月26日

我今天漫步到霍夫曼山顶，这里海拔有 11 000 英尺，是我双脚迄今为止达到的最高点。我周围的景致格外恢宏壮丽，新的植物，新的动物，新的晶石，还有比霍夫曼山高得多的山峦，它们高高地矗立于山脉的轴心，宁静而雄伟，其上覆有积雪，洒满阳光，脚下是熠熠生辉的壮丽圆丘和山脊。山谷中还分布着森林、湖泊和草地，湛蓝的天空如钟形的花朵将万物笼罩其中。在这光荣的日子里，我被带进了一片神奇的新天地，大自然仿佛响起迷人的低语："到更高处吧！"我心中浮现出很多问题，我对这广阔天地所知甚少，我多么渴望有朝一日能了解更多，能看懂这写满神奇符文的大自然的精彩篇章！

霍夫曼山位于一条距主山脉约 14 英里的支脉上，是该山脊的最高点，它可能是不均匀的剥蚀作用下凸显的山体的残留。霍夫曼山南坡的雨水汇入特纳亚溪和圆顶溪,随之进入约塞米蒂谷;北坡的雨水有一部分会流入图奥勒米河,但大多数都通过约塞米蒂溪进入默塞德河。这里的岩石大多是花岗岩,有的聚成山冈和小峰,零零散散地分布在柱状和城堡状的红色变质板岩残迹之间,如画一样。花岗岩和板岩上都有一道道节理,像人造的砖石一样被分割成块,让人想起《圣经》中的那句"那创山、造风,将心意指示人,使晨光变为幽暗,脚踏在地之高处的……"。霍夫曼山北坡寒冷而陡峭,其山谷处堆积着大量冰雪,形成了约塞米蒂溪海拔最高的常年水源。南坡的坡度比北坡小得多,也更易攀登。狭窄的槽状峡谷向上延伸,穿过山顶,形成了一个直角,看起来像一条巷道,显然是耐蚀性较差的岩层受到侵蚀后形成的。尽管它们与恶魔出没的地区相距甚远,但人们还是常常将其称为"魔鬼坡"。根据书中记载,魔鬼曾爬上过一座极高的山峦,但他显然并不擅长登山,因为高山林线以上的区域很少出现他的踪迹。

总体来看,宽广的灰色山顶呈现出一片凄清荒凉的景象,经年累月地遭受着风吹雨打。但若凑近观察,便会发现其表面覆盖着无数迷人的植物,它们的花朵和叶片都非常小,无法铺成色块,所以站在几百码外,人们甚至看不到它们的存在。成片的天蓝色雏菊在湿润的山谷和溪岸露出纯真的微笑,旁边还生长着几种苞蓼、叶如丝织的鼠莓、钓钟柳和鹰钩草,以及一片片迷人的报春花灌木。我还在这里看到了漂亮的线香石南,开着紫色的花，叶片呈深绿色，与帚石南类似。我还看到三种之前没见过的树，一种是长果铁杉，另外两种是松树。长果铁杉是我迄今为止见过的最漂亮的针叶树，它的主枝和侧枝都以一种极优雅的方式下垂着，柔嫩纤细的小枝轻轻摇曳，周围覆盖着茂密的针叶。现在，长果铁杉正值花期，下垂的树枝开着花，上面还挂着成千上万颗上一季的球果，棕色、紫色和蓝色交织在一起，为整棵树赋予了斑斓的色彩。我兴奋地爬上遇到的第一棵树，并陶醉其中，花朵的触碰令我浑身酥麻！它的雌蕊是浓艳的深紫，近乎呈半透明，雄蕊则为蓝色，鲜艳而纯净，就像山间的天空——我在内华达山区见过的开在树上的花朵里，没有任何一种能与之媲美。长果铁杉的形态、装扮、姿态，都具有一种优雅的女性风韵，而这可爱的树种却置身最狂野的风暴中，几个世纪以来始终忍受着冬季暴雪的摧残！

我发现的那两种松树也是在风暴中顽强挺立的勇士。其中一种是银叶五针松，另一种是白皮五针松。前者是糖松的近亲，但它的球果长度只有4~6英寸，整棵树直径最大可达5~6英尺，高度为4英尺，树皮呈深褐色。能够生长在山顶的银叶五针松寥寥无几，无一不是历经风霜的探险者。白皮五针松构成了高山的林线，它们已经完全矮化，人们甚至可以像越过白雪覆盖的灌木丛一样，轻而易举地从这种松林上跨过去。

我们置身于广阔的群山之间，在这饱受风雪的空中花园中流连忘返，这一天仿佛永远不会结束！而神奇的是，山间越是荒

《银叶五针松》

1837年，艾尔默·伯克·兰伯特 绘

纽约公共图书馆

《白皮五针松》

1925 年，玛丽·沃克斯·沃尔科特 绘

选自玛丽·沃克斯·沃尔科特《北美野花图鉴》

华盛顿：史密森学会出版社，1925 年

凉、寒冷、风雨凄凄，其风景就越是光彩夺目，孕育的植物也更加迷人。山顶绽放着无数鲜花，这些花似乎不是从干燥、粗犷的碎石中长出来的，而是山中的一群访客，见证着大自然的爱。可我们这些懦弱、无知的人却在质疑大自然的爱，将这里称为"狂风呼啸的荒漠"。乍看之下，山上黯淡无光，令人望而却步，但实际上，这里不仅有多种多样的植物，还有闪闪发光的晶石，包括云母、角闪石、长石、石英和电气石。有的地方晶石丛生，迸发出炫目的光芒，强烈的光线像一根根长矛，闪耀着各种颜色，辉煌灿烂，它们与周围勇敢的植物一起美化了山林——这里的每块晶石、每朵鲜花，都是一扇通往天国的窗户，或是一面倒映着造物主身影的镜子。

穿过一片片花田，越过一道道山脊，我沉醉其间，流连忘返。我时而跪在地上凝视雏菊的脸庞；时而爬上长果铁杉，穿行于紫色和蔚蓝色的花丛之中；时而探寻积雪的深藏；时而凝望和描绘远处的圆顶、山峰、湖泊、树林，以及图奥勒米河上游波澜起伏的冰原。身处这样的美景之中，灿烂的光芒照耀着我，让我整个人都为之震颤。谁能不渴望登上这样一座山呢！只要身在此山，世上所有奖赏都显得微不足道。

现在，我眼前出现了很多冰川湖，其中面积最大、岸边风光最美的，就是特纳亚湖。特纳亚湖长约一英里，南侧矗立着一座巍峨的山峰，其山脚浸入湖中，大教堂峰就在离湖几英里远的地方。湖泊北面有许多隆起的岩石和圆顶，轮廓流畅如波涛一般；

南面稍远的位置有很多雪峰，当地的河流就发源于那里。我脚下是波光粼粼的霍夫曼湖，湖边环绕着山松。其北侧是风景如画的约塞米蒂溪盆地，那里的湖泊和水潭在阳光下闪闪发光。尽管它们如明镜般动人，我的目光还是迅速转向了山脉轴线上的群峰，其上白雪覆盖，熠熠生辉，让人沉醉其中。

一只可怜的土拨鼠落入了卡洛的魔爪，它被捉住时正经过草地，准备回到隐藏在砾石堆的家里。土拨鼠是最顽强的高山动物，我想尽力将它救下，但还是失败了。于是我告诉卡洛，下次一定注意不要杀生。然后，一只奇特的鼠兔就闯入了我的视线。这是我第一次看到鼠兔，它收集了很多羽扇豆和其他植物，然后把它们放在太阳下晒成干草，再储存到地下的仓库中，以度过大雪纷飞的长冬。这些刚被采来的植物左一把右一把地晾在岩石上，任谁看了都会震惊，想不到在荒凉的山顶竟有这样一种忙碌的生活。这些晒制干草的小家伙有着和我们类似的头脑，它们享受着上帝的呵护，教会了我们很多，也大大激发了我们的同理心。

一只雄鹰正在峭壁上空盘旋，我猜它的巢穴应该就在那里，它展现出了另一种非凡的生活方式，也让我联想到其他生活在所谓偏远地带的小动物。在这山间，林中的小鹿在照顾幼崽；野熊身强力壮，毛发浓密，吃喝不愁；松鼠成群结队，自由快活；大大小小的鸟儿得到了上天的庇佑，增添了树林的活泼和甜美；昆虫聚成了一团团快乐的云朵，欢乐地在空中嗡嗡飘浮，随阳光一起倾泻而下。这些场景，连带着山间的植物，以及那欢唱着奔流入海的溪水，一同浮现在我脑海。但最令人难以忘怀的，还是在深沉无边的宁静中，那广袤而灿烂的山野风光。

日落时分，我欢快地跑回营地，跑下长长的南坡，穿越山脊、峡谷、花田和雪崩冲刷的沟壑，途经冷杉林和灌木丛，享受着狂野的兴奋，以及不尽的体力。今天就要过去了，但这个日子将永远留在我心中。

7月27日

今天，我起身前往特纳亚湖，再次度过了永生难忘的一天。岩石、空气以及周遭的一切，都在以有声或无声的方式倾诉着。到处都那么欢畅、奇妙、动人，消除了路途的疲惫，甚至让人忘了时间。随着我们慢慢走入群山深处，对当下和未来的渴望似乎都已烟消云散。阳光水平照射在冷杉树顶，每根松针上都闪着露珠。我此时正向东行进，右手边是幽深的特纳亚溪谷，左手边是霍夫曼山，往正前方10英里左右就是特纳亚湖。霍夫曼山的山巅在我头顶约3 000英尺处，特纳亚溪则在我脚下4 000英尺的地方。光滑流畅的圆丘和连绵起伏的山脊将溪流与不规则的浅谷隔开，大部分山路都顺着这条山谷延伸。我在岩谷跋涉过很多长满翠绿苔藓的湿地，穿越了一片片草场、一处处花田，沿途的植物是多么美丽，溪流是多么欢快，霍夫曼山和大教堂峰的山岩呈现出多么丰富的景观。而第一次在湖边漫步时，脚下那闪闪发亮的花岗岩地面又是多么宽广！我悠闲漫步，彻底地自由，身体感觉轻飘飘的，一点重量都没有。我时而走过梅花草如漫天星辰般生长的湿地；时而穿过齐肩高的飞燕草、百合、青草和灯芯草，抖落一身的露水；时而经过晶莹剔透的冰碛石堆、明镜般的岩板和欢快流向约塞米蒂的清冽溪流；时而穿越线香石南铺就的草地、雪崩冲刷出的小径，以及积雪的美洲茶。然后，我经由宽阔、宏伟的阶梯，进入冰雪雕琢而成的特纳亚湖盆地。

高山上的积雪正在迅速融化。充盈的溪水唱起欢快的歌谣，在平整的草场和湿地中蜿蜒而过，在阳光下闪着跃动的光芒，在壶穴中翻起旋涡，在深潭中静谧如镜，或带着一种狂野的热情咆哮着越过粗糙的巨石堤坝……无论在哪种状态下，总是那么欢快而美丽。我在内华达山区从未感受过一丝沉闷呆板的气息，也没有见过任何所谓垃圾或废品的痕迹，一切都格外干净纯洁，处处暗藏神圣的教诲。人们有时会不可避免地被某些事物迅速吸引，这种吸引力看似玄妙，可当上帝之手显现后，一切又变得合情合理。上帝感兴趣的也同样会吸引我们，这话并非全无道理。当我们单独关注某样事物时，往往会发现它与宇宙中其他事物息息相关。人们有时会想象水晶和细胞同我们一样有跳动的心脏，有时也把植物和动物当成登山的伙伴，想停下来和它们说说话。大自然像一位诗人，一位热情洋溢的劳动者，我们走得越远，爬得越高，其身影就越清晰。这山脉就是河流之源，但我们仍然无法知晓其背后的源头。

我在这里发现了三种草地。第一种位于盆地之中，土量较少，尚未形成干燥的表面，其上生长着几种薹草，边缘还有茁壮的藜芦、飞燕草和羽扇豆等开花植物。第二种同样在盆地之中，和第一种草地一样，它们所处的位置曾是一片片湖泊，流经此处的溪水带来细沙与砾石。现在，这些区域地势升高，土壤干燥，排水状况良好。干燥的环境塑造出不同的植被，而产生这种现象可能并不是因为此处位置优越，也不是因为流经此处的溪水运力强，只是因为盆地较浅，所以很快便可填满。这里的青草大多纤细光滑，叶片较短，其中以拂子茅和剪股颖为主。它们形成了平滑的草地，看起来赏心悦目，其中夹杂着两三种龙胆草，还有很多紫色和黄色的鹰钩草、紫罗兰、越橘、山月桂、线香石南和忍冬。第三种草地并非位于盆地，而是铺在山坡和山脊之上，大量巨石和倒下的树木将土壤聚集在固定的位置，从而形成草地。这些紧密排布的岩石和树木形成了一座座水坝，横在水流分散的小溪上，截住了土壤，使青草、薹草和许多开花植物在此生根发芽。这里的植物能获取充足的水分，同时较弱的水流也不会将它们冲走，由此产生了覆盖在山脊和山坡上的草地。这种草地大多不像前两种那么平整，堤坝上凸起的岩石或木头使其表面变得有些粗糙。但从稍远处看，这些小瑕疵就没那么明显了，相反，整片草地看起来像是沿灰色斜坡向下延伸的翠绿缎带，光滑而流畅，点缀朵朵鲜花，直叫人惊叹。流经草地的宽阔浅溪大多是岸边的积雪融化后形成的，部分区域的土壤排水良好，其他区域的堤坝又紧密堆在一起，缝隙处塞着木块和叶片，于是就形成了沼泽般的泥地。当然，这里也因此孕育出了多样的植物。我看到有的草地上长着垂柳、线香石南和美丽的百合，它们没有聚集在一起，而是零散地分布在薹草和青草间。现在，这些草地中的植物大多已进入盛期。青草和莎草的叶子富有弹性，形成了完美而流畅的曲线。其弹性恰到好处，如果稍微硬些，就会像金属条一样僵立；如果稍微软些，则会无力地趴在地上。它们的颖片、内稃、雄蕊和羽状的雌蕊颜色娇艳。如花朵般色彩斑斓的蝴蝶成群地在草地上空飞舞，还有很多长着羽翼的美丽生灵在我们头上跳着华尔兹，似乎在无忧无虑地玩耍，尽情享受生命的火花。只有上帝才能真正数清、了解和爱护它们。这些小生命多么美妙！它们是如何在这气候下生存的呢？它们有血有肉，有各种神经和器官，总是那么温暖快乐、精力充沛，实在令人叹服！它们的身体就像精巧的机器，与之相比，人类社会最出色的机器也显得不值一提。

和草地一样，大多分布在冰碛的沙地花田都处于最美的花期，只有部分位于岩石北侧和幼松林下方的花田还没有开花。在霍夫曼山坡阳光充足的晶石土壤中，我看到大片的鼠莓和紫色的吉莉草，几乎找不见绿叶，如同绚烂的彩云。溪流两岸生长着开花的茶藨子灌木、越橘和山月桂，像一条条美丽的地毯和花边。

岩石丛生的冰碛地带常常能见到蓬乱的越橘丛，人们可以从上面跨过，但它却与布朗平原上那高大的金杯栎属同一品种。最美的灌木当属开着紫花的线香石南，它为海拔 9 000 英尺的山地铺上了华美的地毯。

营地附近一两英里内多是高大的银杉，它们构成了一幅完美的景致：每棵都大小适中、形态端庄，连成一片排布得疏密有致，堪称完美。尖塔林立的银白树丛整齐而雅致，让人不禁怀疑它是由某位园林大师精心布置而成。但实际上，只有大自然这位园丁才能创造如此完美的作品。几棵高达 200 英尺的大树占据了树林的核心位置，周围环绕着几棵小树，外层则是一圈更小的树，整体如优雅而对称的花束，每一棵的位置都恰到好处，仿佛是特意安排的。树林周围的空地上常常能看见盛开的小玫瑰和苞蓼，将这里变成了迷人的乐园。随着海拔升高，银杉的个头越来越小，形态也不再完美，还有很多银杉长出了两个尖顶，这是由暴风雪造成的。不过，在海拔接近 9 000 英尺的地方，也生长着高 150 英尺、直径 5 英尺的银杉，它们有的长在肥沃的冰碛土上，有的甚至耸立在湖盆边。我发现在沉重的冬雪下，这些银杉树苗大多已被压弯，根据树上的痕迹判断，这里的积雪至少有 8~10 英尺深。这样深且密实的积雪，足以将二三十英尺高的树苗压弯并掩埋，让它们四五个月都直不起身来。有的树直接被压断，其余的则在积雪融化后重新站起，最终慢慢长大，直到足以承受冰雪的重压。然而，就算是 5 英尺粗的大树，其弯曲的树干上也清

《山月桂》

1807年,罗伯特·约翰·桑顿 绘

选自罗伯特·约翰·桑顿《花之神殿》

伦敦:T.本斯利出版社,1807年

晰地留着早年与冰雪对抗的痕迹，有很多银杉树上都斜插着一段干枯的老树苗，一些从断口下方长出的新树干已经比枯死的那一截更粗壮。然而，即使是在这样的重压之下，森林的魅力仍然分毫未减。

离开银杉树林，进入内华达山区最高的林带，这里的海拔高达 10 000 多英尺，树木以扭叶松为主。在海拔约 9 000 英尺的地方，我看到一棵直径接近 5 英尺的扭叶松深深扎根于水分充足的土壤中。这种树的形态很大程度上受到位置、光照和土壤等因素的影响。生长在溪岸的扭叶松排列紧密，因此非常纤细，有的高度能达到 75 英尺，地面处的树干直径却不超过 5 英寸。但就我所见，绝大多数扭叶松的比例都是非常匀称的。在海拔 10 000 多英尺的高山地带，完全成熟的扭叶松平均直径为 12~14 英寸，高度则为 40~50 英尺，杂乱的枝条向上翘起，薄薄的树皮粘着琥珀色的树脂。雌花长在小枝末端，如同一朵朵直径四分之一英寸的深红玫瑰，且大多隐藏在穗缨状的叶片里；雄花呈硫黄色，直径约八分之三英寸，它们群聚在一起，明艳夺目，让人大饱眼福。扭叶松是勇敢而坚韧的高山松树，它或快乐地生长在粗糙的巨石，或扎根于岩板的缝隙，也可以在肥沃的山谷落地发芽。几个世纪以来，它每年冬天都在齐腰的积雪中挺立，经历了无数场风暴，但仍能和那些生长在热带阳光下的树木一样，年年绽放出鲜艳的花朵。

而比扭叶松更顽强的，是一种名叫西美圆柏的高山植物。它主要生长在圆丘、山脊和冰川打磨过的石板上,是粗壮、结实而别致的山民,似乎已在这阳光与冰雪中悠然生活了上千年。它当真是一种神奇的树木,处处都彰显着顽强的耐力,寿命几乎和脚下的花岗岩一样长。有的西美圆柏宽度和高度几乎相等。我在湖边见到的一棵直径接近 10 英尺,还有很多在 6~8 英尺之间。其树皮呈肉桂色,随着树木的生长会一条条脱落,如泛着光泽的长丝带。所有高山树木中,西美圆柏无疑是最顽强的一种,它似乎永远不会自然死亡,就算有外力将它杀死,它都不会倒地。如果能免于意外的灾祸,西美圆柏或许可以长生不老。我看到有几棵圆柏经受住了霍夫曼山的雪崩,快乐地吐出了新枝,它们就好像在学格里普[1],不断地重复道:"永不言败。"有的直接屹立在石板上,将根系插在不足半英寸的裂缝之中。这些长在岩石里的圆柏高度通常在 10~20 英尺之间,大部分老树的顶端已经折断,只剩下树桩和几根树枝,成了光秃秃的石板上的一根根棕色立柱,颇显雅致。树木间距很大,四面八方的景色一目了然。生长在肥沃冰碛土上的圆柏高度可达 40~60 英尺,长着浓密的灰叶子。其树干上的年轮也非常细,在我观察的那些树干中,1 英寸直径内就包含 80 道年轮。由此可见,那些直径达到 10 英尺的树肯定非常古老——怎么也得有几千岁了。真希望我能像这些柏树一样,依靠阳光和积雪维生,和它们并肩站在特纳亚湖畔,一站

---

[1] 原名 Grip,源自作家狄更斯所写的《巴纳比·拉奇》,格里普是小说主人公巴纳比·拉奇的宠物乌鸦。

就是千年,我就能看到更加丰富的景致,那该有多么愉快啊!届时,山间的万物都会发现我的存在,迎面向我走来,我也能感到来自天国的光明。

特纳亚湖的名字来自约塞米蒂的一位部落酋长。据说,老特纳亚是一位出色的印第安人酋长。多年前,他们部落因盗牛等罪行被一伙士兵追杀至约塞米蒂,在此过程中,他们顺着一条通往山谷上端的小路逃到了特纳亚湖边。时值初春,积雪还很深,他们在逃亡过程中逐渐失去信心,最终选择投降。明镜般的特纳亚湖成了这位老者的纪念碑,它可能会在世间留存很久,尽管湖泊最终会像印第安人一样消亡,溪流携带的泥沙会渐渐填满它,雪崩和风雨也会对它产生一定影响。特纳亚盆地上端有很大一片区域已经变成了森林覆盖的平原和草地,来自大教堂峰的主要支流就在此汇入湖中。另外两条支流均来自霍夫曼山脉。湖水经由特纳亚峡谷向西流动,最终在约塞米蒂汇入默塞德河。湖的北岸完全是光秃而闪亮的花岗岩,几乎看不到一点松散的泥土。正因如此,印第安人才将这片湖取名为"Pywiack",意为"闪亮的岩石"。这块盆地似乎是由古代冰川缓慢侵蚀而成的,是需要无比漫长的时光才能造就的奇迹。湖的南岸耸立着一座巍峨的山峰,高度超过 3 000 英尺,上面点缀着铁杉和松树。东岸则是熠熠生辉的巨大圆丘,往昔的冰川一定横扫丘顶,将其磨蚀、塑造成这番模样,就像今日的风一样。

7月28日

今天没有云山，只有几缕难以觉察的卷云。奇怪的是中午的时候，山里居然没有打雷，就像山间的时钟停摆了一样。我最近一直在研究红冷杉，便找了一棵树展开测量，其高度接近240英尺，是我见过的最高的红冷杉。在所有针叶树中，红冷杉的形态最为匀称，不过它们虽然体型庞大，寿命却几乎不会超过四五百年，大多会在两三百岁的时候死于真菌感染。有的枝干会被压在掌状树枝上的积雪折断，而致命的干腐菌可能就是通过其残部侵入了树干。年轻的红冷杉展现出了神奇的对称性，它们就像铅垂线一样笔直而挺拔，枝条大多以五根轮生形态水平生长，每根枝条的分枝都如同蕨类的叶片一样匀称工整，上面长着茂密的针叶。整棵树除了树干和一小部分主枝外，到处都是毛茸茸的。其针叶向上弯曲，这种现象在小枝上尤为明显，叶子又硬又尖，在树的上部挺立。它们能在树上长8~10年，而由于红冷杉生长速度快，所以很多树在树干上方直径三四英寸的位置仍然覆盖着针叶。当然，这些针叶相距很远，并呈螺旋状排列，看起来很漂亮。树上的叶痕可以清晰地留存20多年，但针叶厚度与尖锐程度的个体差异也很大。

在霍夫曼山游览一番后，我对整个山区的森林有了大致的了解。我发现，在所有高大的针叶树中，红冷杉是最匀称的树种。其饱满的球果呈圆柱形，长5~8英寸，直径3~4英寸，颜色为青灰色，上面覆着细小的绒毛，在阳光下泛着银光，像木桶一样直立在枝干上部，形状、颜色和体积都达到了最佳状态。每颗球果都淋着透明的香脂珠，它们如一颗颗露珠，为球果再添光彩，让人想起古老的涂油礼。球果的内部甚至比外部更漂亮。果鳞、苞片和种翅都染上了可爱的玫瑰紫，上面还泛着明亮的虹彩。种子则是深褐色的，长度为四分之三英寸。球果成熟后，其果鳞和苞片脱落，种子便自由地飞向命定的归宿，而枯萎的锥状主轴则会在枝条上存留多年，证明这里曾孕育过种子，不过有些可能在尚未成熟时就被道格拉斯松鼠咬下来了。这种球果是没有柄的，松鼠却能把牙齿塞进如此宽大的底部，也不知它们是怎么做到的。我的一大乐事，就是在阳光明媚的日子爬上红冷杉，观察尚在生长的球果，或是俯瞰整个森林。

7月29日

今天天高气爽，让人精神振奋。天空中的云量极少。我照旧漫游、写生，享受着无处不在的美好，度过了快活的一天。

7月30日

天空中的云朵不多。午间，几英里外传来了雷声，但山雨并未如约而至。蚂蚁、苍蝇和蚊子似乎很喜欢这样舒适的天气。有几只家蝇发现了我们的营地。内华达山区的蚊子胆子不小,体型也很大,有的蚊子在翅膀收拢时,从口器尖端到翅膀末端差不多有 1 英寸长。虽然这里的蚊子数量比大多数荒野地区要少,但它们偶尔也会发出很大的嗡嗡声,引起骚动,而且基本不受时间和地点的限制。只要一有机会,它们就随时随地吸血,直到冬日的寒霜将它们冻死为止。相比之下,只有躺在树下的时候,我们才会被那些漆黑的大蚂蚁搅得瘙痒烦躁。我还看见一只小虫在银杉上打洞。它的产卵器长约 1.5 英寸,像针一样笔直而光滑,不用的时候就收进鞘里。它的这个保护鞘在身后伸得笔直,就像鹤飞行时的后腿。我想,它们之所以要钻孔,是为了方便以后在树上筑巢并喂养幼虫。谁能想到,这小小的飞虫竟有如此的智慧,知道要在这样的洞里产卵,又明白羸弱的幼虫可以从银杉的汁液里获取所需的营养。这种繁衍后代的模式不禁让人联想到神奇的五倍子虫。好像所有五倍子虫都知道哪些寄主植物能在自己打洞、产卵后做出适当反应,进而成为幼虫的巢穴,为其提供食物。和其他生物一样,这些小虫可能也会犯错,但就算看走了眼,也不过只有一窝虫卵没能孵化而已,更多幼虫还是能找到合适的寄主和营养,从而保证物种的延续。很多动物都会犯类似的错误,只是我们没有发现罢了。有一次,一对鹪鹩把巢筑在了工人的大衣袖子里,结果工人在太阳落山时取回了大衣,可把这对鹪鹩吓坏了。而令人惊奇的是,像蚋虫和蚊子这样的小虫,其后代竟然能够避免犯错，不会重蹈上一辈的覆辙，又能成功适应气候变化，躲开敌人的攻击，以旺盛的生命力和完美的状态来到这阳光普照的世界。这些肉眼可见的小生灵让人不禁联想到很多更小的生物，它们也将带我们去不断探索那无限的奥秘。

7月31日

又是美好的一天，清甜的空气进入肺部，让人感觉像是吃了蜜糖一般。实际上，我整个身体就像是一个大的味蕾，酥麻感遍布全身。今天的云极少，尽管我听到了远处的雷声，但山雨却没有如期到来。

布朗平原有很多欢快的小花栗鼠，它们在这里也很常见，除此之外，这里可能还栖息着很多其他种类的花栗鼠。它们轻盈快活的身影让我想起东部各州那些熟悉的物种，它们在威斯康星州的橡树林空地上沿曲折的篱笆跳跃，十分惹人喜爱。内华达山区的花栗鼠则更像树栖的松鼠。我在针叶林带的下部边缘，即鬼松与黄松交界的地方第一次发现了这种小动物。它们有趣极了，古灵精怪的样子让人忍俊不禁，虽然不是真正的松鼠，但松鼠的能耐它们大多同样具备，而且不像松鼠那么争强好胜。我总是不厌其烦地看它们在灌木中蹦蹦跳跳地收集种子和浆果，那姿态就像歌雀在细长的树枝上优雅地驻足停歇。它们甚至比同等身量的鸟

《莺和鹪鹩》

1913 年，阿奇博尔德·索伯恩 绘

私人收藏

儿动静更小。内华达山区基本没有哪种动物能像它们这样吸引我的兴趣。这小东西灵巧又温顺,漂亮又亲人,难免让人心生怜爱,把它们当成可爱的宠儿。它们的体重可能还没超过田鼠,但它们总是在辛勤地采集着种子、坚果和球果,所以不会饿肚子。它们一点也吃不胖,也不会在饱餐后显得懒洋洋的。它们像鸟儿一样活泼好动,一刻都不消停,还会随着动作发出各种声音,有的声音清脆甜美,就像水滴叮咚落入池塘。它们似乎非常喜欢逗狗,经常在狗旁边晃悠,然后再像麻雀一样叽叽喳喳地跑开,一边叫一边摇着尾巴,每叫一声,尾巴就跟着左右晃动半圈。就连道格拉斯松鼠都不像它们这么灵活而勇敢。我曾看到它们在约塞米蒂的陡崖上奔跑,像苍蝇一样轻轻松松地抓住了崖壁,仿佛完全感觉不到危险。其实它们只要稍有不慎,就会从两三千英尺高的悬崖跌落谷底。如果我们登山者也能像它们一样稳稳攀上悬崖峭壁,那该有多好!想起前几天,我还曾为了一睹约塞米蒂瀑布的风采而鼓起极大的勇气攀上悬崖,可这样的冒险对小花栗鼠来说,简直不费吹灰之力就能完成。

在荒凉的山顶,还生活着一种截然不同的山民,那就是土拨鼠。它们是所有啮齿动物中最迟钝笨拙的一种,食量很大,身材肥胖,体型臃肿,在高山草场里徘徊着,就像长满三叶草的草地中的奶牛。一只土拨鼠的体重能超过一百只花栗鼠,但这不妨碍它们成为一种有趣的动物。在暴风雨肆虐的荒凉之地,它们欢快地吹着口哨,在高耸入云的家园享受悠长的时光。它们会把洞穴建在碎裂的岩石中，或是巨石之下。结霜的清晨，土拨鼠走出洞穴，先到最常去的平整岩石上晒一会儿太阳，然后去繁花遍地的山谷中吃些花花草草，吃饱之后再去打斗或者玩耍。我不知道它们能在这凉爽的山间生活多久，但有的土拨鼠的皮毛已经呈铁锈般的棕与灰，就像地衣覆盖的巨石。

8月1日

天空中出现恢宏的云景，洒下五分钟的阵雨，清新的原野本就芬芳弥漫，雨水更是让这里焕然一新，黑色的沃土和枯叶也像是浸泡过的茶叶。

中西部各州男孩都非常熟悉的金翼啄木鸟是这里最常见的啄木鸟之一。看见它，一种归家的亲切感便油然而生。虽然东部与中西部的气候差别很大，但在我看来，东部金翼啄木鸟的羽毛和习性与中西部的也没什么不同，它们美丽、勇敢，还很信任人类。除此之外，知更鸟也带着熟悉的歌喉与姿态出没于此，在开阔的花田和高山草地上优雅而轻快地走着。它们似乎在整个美洲都能找到合适的栖息地，会根据季节更替和食物供应的变化四处迁徙，从平原到山区，从北方到南方，来来往往，穿梭不停。这勇敢的歌唱家迁徙范围如此之广，各地的气候又如此多样，可是它们仍保持着健康和愉悦的状态，这样的体魄与性情，真是令人赞叹不已！漫步在这肃穆的山林间，我时常心生敬畏，沉默不语，每当此时，耳边总会响起知更鸟甜美而清亮的叫声，仿佛在宽慰我说："别怕！别怕！"

我散步时还常常能看见山翎鹑，这是一种棕色的小山鹑，有一根特别修长的装饰性羽冠，看起来很神气，像男孩帽子上的羽毛，格外引人注目。山翎鹑比常见于炎热山麓的鹌鹑要大得多。它们很少停在树上，而是喜欢组成规模从五六只到20只不等的队伍，一起穿过美洲茶和熊果灌木丛，来到林木稀疏的开阔地带，越过干燥的草地与山脊的岩石，其间通过低沉的咯咯声让整个队伍聚在一起。一旦受到惊扰，它们就会奋力拍打翅膀，然后一跃而起，四散开来，如同爆炸一般，刹那间便移到四分之一英里外。危机解除后，它们会用高亢的鸣叫声互相呼唤，重新聚在一起——它们就是大自然的美丽山鸡。我现在还没找到山翎鹑的巢穴。这一季的幼鸟已经孵化出来，并且离开了鸟巢，它们的个头只有其父母的一半，却已成为新的游荡者，在山间快乐地徜徉。但我好奇的是，当山里的积雪深达10英尺时，它们该如何度过漫长的寒冬。也许它们会像野鹿一样躲到森林下缘，不过我目前还没有在该处发现过它们的踪迹。

除此之外，乌蓝松鸡也是这里的常见物种。它们喜欢待在最茂盛的冷杉林深处，一旦受到惊扰，就会猛烈地拍打翅膀，伴着响亮的振翅声从树枝上冲下来，然后摇摇摆摆地滑翔而过，一丝声音都没有，连羽毛都不曾颤动，就这么消失在林间。它们漂亮又强壮，体型和过去西部的草原松鸡差不多，大部分时间都停在树上，只有到了繁殖季才会待在地上。现在，雏鸟们已经会飞了，一旦受到人或狗的惊吓，它们就会四散开来，然后一动不动，直到危机解除后，亲鸟才会将它们召唤回来。就算亲鸟的声音并不响亮，雏鸟也能在几百码外听到母亲的呼唤。如果雏鸟此时还不会飞，亲鸟就会扮瘸或是装死，把威胁者引开，甚至直接扑到离对方脚下不远处，四脚朝天地蹬腿、喘气，好骗过人类或野兽。据说它们一年四季都生活在附近的树林里，当暴风雪来临时，它们就躲进冷杉和黄松一簇簇茂密的枝条中，以其嫩芽为食。它们从腿部到脚趾都长满了羽毛，似乎能够适应各种各样的天气。它们能靠松树和冷杉的嫩芽维生，从来不会挨饿，相比之下，饥饿对很多人来说却是个大问题，大大限制了我们的行动。如果可以的话，哪怕松树嫩芽里满是松脂，我也愿意以此为食，只为摆脱对食物的依赖。想想上个月，只是没了面包，我们就已经难受得要死。在上帝所有造物中，人类似乎最难获取到食物。很多生活在城镇里的人为了填饱肚子，甚至要用一生的时间去奋斗，而其他人也随时面临着食物短缺的危险，无尽囤积的习惯也就随之养成了，这意味着他们从此要牺牲全部的生活，储蓄远超合理需求的积粮。

我还在霍夫曼山看到一种奇特的浅灰色小鸟，既像啄木鸟，又像喜鹊或乌鸦。具体来说，其叫声与乌鸦类似，飞行的姿态却像啄木鸟。它们的喙长而笔直，我曾看到它们用喙击开了山松和

《被驱赶的松鸡》

1933 年，阿奇博尔德·索伯恩 绘

私人收藏

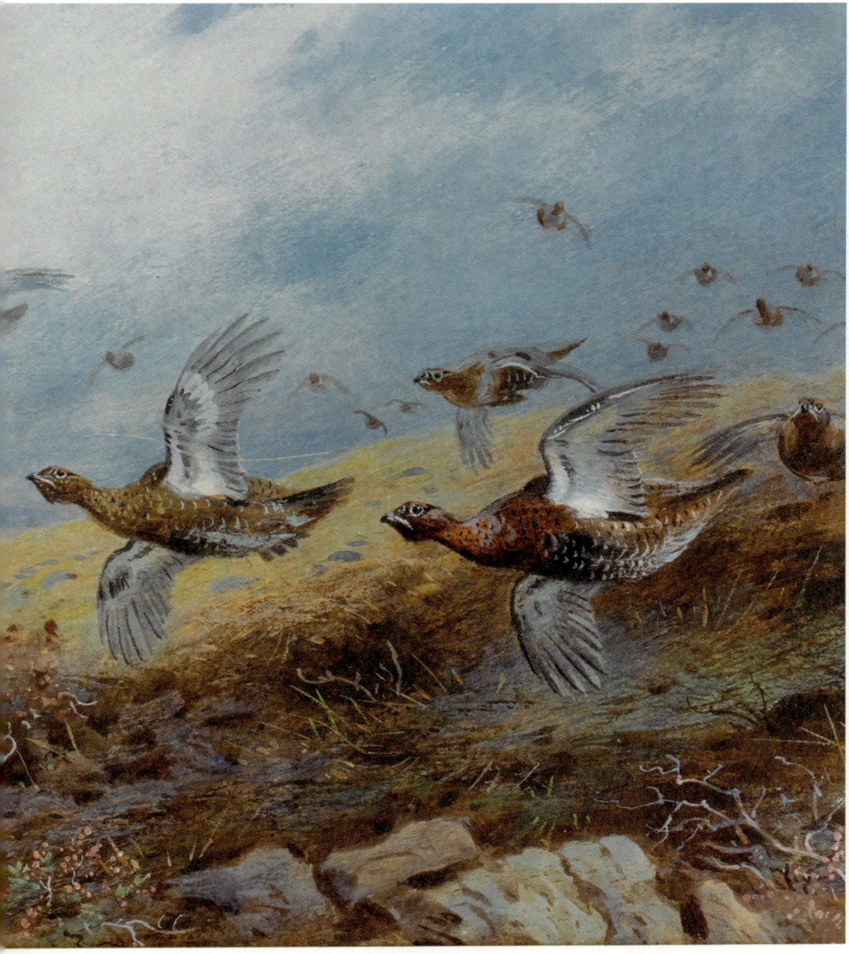

白皮松的球果。另外，它们似乎喜欢待在高处，但到了冬天，它们当然也会下山，不是为了觅食，就是为了寻求庇护所。在饮食方面，我想这些生活在山里的小家伙就算到了冬天，也能从各种针叶树上找到足够果腹的坚果，因为树上总有一些无法离开球果的种子，留给饥肠辘辘的冬季觅食者享用。

第七章

A STRANGE EXPERIENCE

奇妙的心灵感应

8月2日

和昨天一样,今天也是多云加阵雨。我一整天都在北圆顶写生,直到下午四五点为止。当时,我本来满脑子都是约塞米蒂的奇景,正想着要将每棵树、每条线和每块岩石都描摹下来。可是忽然,我脑海中毫无征兆地冒出一个念头——我的朋友、威斯康星州立大学的J.D.巴特勒教授就在下方的山谷之中。于是我立马跳了起来,不顾一切地想和他见面,那惊喜的感觉就像是他忽然碰了我一下,让我抬头看他一样。我毫不犹豫地放下了手头的工作,顺着圆顶西侧的山坡,沿着谷壁边缘跑了下去,寻找通往谷底的道路,最终进入了侧面的一段峡谷。很明显,这里生长着连绵不断的树木和灌木丛,我想,也许可以通过这段峡谷进入下面的山谷,于是立刻开始往下赶。尽管天色已晚,可我根本无法抗拒这种冲动。但过了一会儿,我逐渐冷静下来,理智告诉我,我至少得等天黑以后才能到达旅馆，那时可能所有的客人都睡了。没人认识我，我兜里也没钱，甚至连外套都没穿。我只得强迫自己停下脚步，成功打消了摸黑寻找好友的念头。毕竟于我而言，他的出现不过是一种类似心灵感应的奇怪感觉。我穿过树林，终于把自己拉回了营地，但还是决心要第二天一大早就下去找他。我想，这是我有生以来出现过的最难以解释的念头。多日来，我一直在圆顶上徘徊，而今天我坐在那里时，好像有人在我耳边低声提醒道，巴特勒教授就在山谷，真叫人无比惊讶。在我离开学校时，教授曾对我说："约翰，从现在开始，我要密切地关注你，关注你的事业。千万别忘了每年至少给我写一封信。"今年7月，我收到了他的来信，当时我还住在山麓的第一个营地。信是5月写的，其中说他今年夏天可能会来一趟加利福尼亚，希望到时候能和我见面。但由于他没有说明见面的地点和来访的路线，而我一整个夏天都要在荒野中度过，所以我压根没指望能见到他，也就彻底忘了这码事。直到今天下午，他的身影如风一般出现在我面前。哎，我明天一定要去看看，不管这行为合不合理，我都觉得自己必须得去。

8月3日

  今天是美好的一天。我找到了巴特勒教授，就像罗盘指针找到极点一样。所以昨晚那种感觉，无论叫它心灵感应也好，先验的启示也罢，终归是灵验的。说来奇怪，在我昨天感应到他的存在的时候，他刚好从科尔特维尔山路进入山谷，正由埃尔卡皮坦山往上走。如果他当时一看见北圆顶就用望远镜朝这边望，那他可能就会看见我放下手中工作，忽然跳起来去找他的样子。这似乎是我唯一一次确定自己经历了超自然的奇迹。我从小就沉浸在大自然的欢乐之中，所以对通灵、先知和鬼故事等事物完全提不起兴趣，觉得它们没什么用。相比之下，大自然每天都呈现出明媚开阔的风景，演奏着和谐动听的乐章，远比那些玄幻的东西美妙得多。

今天早上，我一想到要去旅馆，要出现在那些旅客面前，就觉得非常头疼，因为我没有合适的衣服，极腼腆害羞的性格更让我尴尬。但这两年，我一直在和陌生人打交道，所以无论如何，我还是决定去看看老朋友。我穿了条干净裤子，一件羊毛衫和一件夹克——这是我在营地里能找到的最好的衣服了——然后便把笔记本系在腰间，带着卡洛大步踏上了这段奇妙的旅程。我穿过了昨晚发现的那道山口，原来那里就是印第安峡谷。那里面没有路，岩石密布，灌木丛生，非常难走。卡洛时常停在峭壁上下不来，喊我回去帮它的忙。艰难地走出峡谷的阴影后，我看到有人在草地上晒干草，于是便向他打听巴特勒教授的行踪，他却回答："我不知道，但你可以去旅馆问问。这时候山谷里游客很少。昨天下午来了一小批人，听说里面有个教授，叫巴特勒还是巴特菲尔德什么的。"

于是我来到昏暗的旅馆前,看到一伙游客正在调整渔具。我一出现,他们就都盯着我看,虽然一言不发,却露出惊奇的神色,仿佛我是从天上掉下来的。我猜这大概是因为我的衣着太奇怪吧。我向他们打听旅馆办公室的位置,却得知办公室已经锁门了,老板不在,但我可以到会客室找老板娘哈钦斯太太。于是我尴尬而窘迫地走进了那个又大又空的房间,等了一会儿,又敲了几扇门,老板娘才终于出现。我问她有没有见过巴特勒教授,她回答说,她记得教授确实在山谷,但保险起见,她会从办公室拿登记簿给我看。在最后入住的旅客名单中,我很快找到了教授那熟悉的笔迹,一瞬间,所有的局促不安都消失了。我从哈钦斯太太口中得知,他们一行人已经上了山,可能是去了弗纳尔瀑布和内华达瀑布,于是便兴高采烈地追了上去,确信自己找到了目标。接着,我不到一小时便抵达了内华达峡谷顶端的弗纳尔瀑布。在水花飞溅的瀑布外,我看到了一位气度不凡的绅士,他也像我今天遇到的其他人一样,在我走近时一脸好奇地打量我。我鼓起勇气问他知不知道巴特勒教授在哪儿,他听了之后,仿佛更好奇到底发生了什么,怎么还要派人来找教授。他没回答我的问题,反而用军人独有的凌厉语气问道:"谁要找他?"

"我找。"我用同样的口吻答道。

"你找他干吗?你认识他吗?"

"认识,"我说,"那你认识他吗?"

《弗纳尔瀑布》
1863年,阿尔伯特·比兹塔特 绘
私人收藏

这位男子看起来很惊讶,他没想到山里真有人认识巴特勒教授,而且在教授一进山时就找过来了。他从高处下来,走到我这个陌生的登山者面前,与我平等相对,并礼貌地回答道:"认识,我和他很熟。我是奥尔沃德将军,很多年前,我俩还年轻的时候,曾经一起在佛蒙特州的拉特兰读书。"

我打断了他的回忆,并追问道:"那他现在在哪儿呢?"

"他已经和同行的人越过了瀑布,想爬上那块巨石,你从这儿能看见石头的顶端。"

此时,他的导游主动告诉我,教授和同伴的目的地叫"自由帽",如果我在瀑布顶端等着,就一定能在他们下山的路上找到他们。但我想早点见到我的朋友,就不再干等,而是爬上弗纳尔瀑布旁的石梯,决心赶紧爬上自由帽巨石的顶端。有时候,一个人就算过得再幸福充实、无忧无虑,也会渴望与朋友见面。然而,我还没走多远,就在弗纳尔瀑布上方山脊的灌木丛和岩石堆里看见了他。他弯着腰,摸索着往前走,袖子卷了起来,汗衫也敞开着,手里拿着帽子,显然是又热又累。看到我来了,他便坐在大石头上擦掉了额头和脖子上的汗水,把我当成了山里的导游,向我打听通往瀑布的石梯该怎么走。我指了指用小石堆标记的山路,他看到后便叫来了同伴,说路找到了,但还是没认出我。于是我直接站到他面前,看着他的脸,向他伸出手。他以为我要拉他起来,便对我说:"不用了。"

我说:"巴特勒教授,你不认识我吗?"

他却说:"好像不认识。"

但与我对视后,他忽然就认出了我,没想到我居然在他迷失于灌木丛时找到了他,更不可思议的是,他不知道我离他其实只有几百英里。

"约翰·缪尔,约翰·缪尔,你从哪儿来的?"

我告诉他,昨晚他进入山谷的时候,我就感应到他来了,当时我正在北圆顶写生,离他只有四五英里。当然,我这番话让他更惊讶了。导游此时正在弗纳尔瀑布脚下牵马等着,我则沿山路前行,和教授一路聊着回到了旅馆。我们回忆着校园时光,说起在麦迪逊的那些朋友,还聊到以前的同学和他们各自的发展等等。我们时不时凝望周围的巨石,一片昏暗之中,它们的轮廓逐渐模糊,我不禁吟起诗来——真是一次难得的漫步。

我们很晚才回到旅馆,奥尔沃德将军此时还等着巴特勒教授回来一起吃晚饭。教授把我介绍给他,跟他讲了我心灵感应的事情,他听完之后甚至比教授还惊讶,因为我完全是凭着非比寻常的感觉认定朋友在加利福尼亚,然后就从高耸入云的山巅下到山谷,径直找到了教授。他们是直接从东部过来的,没有拜访过任何一位加州的朋友,所以觉得没人会知道他们的行踪。我们一起吃饭时,将军靠着椅背,俯视着餐桌,把我介绍给了在场的十几位客人,其中还包括之前那个盯着我的渔夫。"你们知道吗,这个人,在巴特勒教授进山当天,就从人迹罕至的大山下到了山谷。他怎么知道教授在这里呢? 他说,他是自己感应到的。这是我听说过的最奇特的先知能力。"他说了很多诸如此类的话。而我的朋友则引用了莎士比亚的名言:"天地之间有许多事情,是你的睿智所无法想象的。"他还说:"有时太阳在升起之前,就已在苍穹勾勒出自己的影子。同样,事件发生之前,先兆便已出现。今日尚未结束,而明日已然到来。"[1]

晚饭后,我又和教授聊了很久,说的都是当年在麦迪逊的日子。教授希望我有机会能和他一起去夏威夷群岛露营。我则想让他和我一起回内华达高山。但他说:"现在不行。"因为他现在必须和将军待在一起。令我惊讶的是,他们明天或后天就要离开山谷了。很庆幸在这熙攘的世界里,我还没有伟大到让人念念不忘。

8月4日

我之前一直睡在银杉林,睡在繁星闪烁的夜空下,享受着壮丽、开阔的景象,昨晚却睡在简陋的旅馆里,这种感觉很奇怪。今天,我就要跟我的朋友和将军告别了。这位老兵谈吐幽默,和蔼可亲。他曾参加过佛罗里达的塞米诺尔战争,他给我讲了很多有关这场战争的故事,最后还邀请我去奥马哈看他。与他们告别

---

[1] 前一段话出自莎士比亚戏剧《哈姆雷特》,后一段话出自席勒的历史剧《华伦斯坦》。

后，我叫上卡洛，穿过印第安峡谷入口，欢欢喜喜地回家了。但与此同时，我也为可怜的教授和将军感到惋惜。他们受时间、日程、命令和责任等枷锁的束缚，不得不忍受低地的尘嚣，看不到大自然本来的样子，也听不到原始的天籁，反倒是卑微的流浪汉能在这富有神性的荒野享受自由与荣耀。

除了与新老朋友沟通感情外，我今天还尽情享受了约塞米蒂的美景。其实我之前来过一次，就在去年春天，我曾花 8 天时间在约塞米蒂的岩石和溪流间漫游。而无论我们走到山间的哪个角落，或者说，无论我们进入上帝创造的哪一片原野，都能收获意外之喜。短短几个小时，我们就往下走了 4 000 英尺，进入了一片新世界——这里的气候、植物、声音、栖息的动物和风景都与之前有所区别，甚至截然不同。在营地附近，金杯栎不过是成片的灌木，我们在上面铺了床。但沿着印第安峡谷下行，我们发现这种小灌木出现了规律性的变化，逐渐变成大型灌木、小树和大树。到了谷底附近的石坡，其直径已有 4~8 英尺，高 40~50 英尺，树冠宽大，枝干多节，向四面八方延展，如画一般优雅别致。除此之外，这里还有形态不计其数的水体。潺潺的河流和大大小小的瀑布都有其独特之处。我还清楚地看到了弗纳尔瀑布和内华达瀑布，它们是山谷中两条主要瀑布，尽管相距不到一英里，但二者在声音、形态和色彩等方面都表现出巨大差异。弗纳尔瀑布高 400 英尺，宽约 75~80 英尺，从唇形悬崖的边缘平滑下落，仿佛一条青白相间、绣着刺绣的华丽围裙，上面带着浅浅的纹理和褶皱,从上到下,始终如一,直至跌落谷底,隐没在飞溅的浪花与朦胧的水雾之中,在午后阳光的参与下映射出迷人的虹彩。内华达瀑布的水流从跃下悬崖的那一刻起就是白色的。由于其在第一次自由下落前曾与河道的侧壁相撞,进而出现向内弯折的现象,瀑布顶的水流也随之扭曲。下行至总高的三分之二时,彗星状的急流划过崖壁的斜面,打散成雪白的泡沫,颜色更加纯净,并远远向外飞溅,呈现出难以言喻的盛景,若赶上午后的阳光倾泻于此,那景致就更华丽了。内华达瀑布是世界上最壮观的瀑布之一,其水流仿佛不受一般律则的约束,反倒像是有了生命一般,凝聚着群山的力量,带有一种野性的狂喜。

在怒吼的水花之下,碎裂的河流被巨石撕扯成一条条不规则的水流。它们迅速汇聚成咆哮的激流,说明这条年轻的河流依然朝气蓬勃。它奔涌向前,呐喊着,咆哮着,为自己的力量欢呼不已,气势磅礴地穿过峡谷,然后忽然流下一道缓坡,在坡上延展开来,化作浅浅的一层,微微泛起波澜,如同精致的蕾丝,接着便汇入宁静的水潭。这片水潭名叫"翡翠潭",是一个水流停歇之地,如果说上下游的河水是气势恢宏的词句,那么翡翠潭就是将其分隔开来的句号。河水需要先在这里停留一段时间,直到将水中的泡沫和空气带来的灰色杂质剔除干净,然后再像宽大的水帘一般,静静滑向弗纳尔悬崖边缘,在弗纳尔瀑布中再显风采。接着,它在金杯栎、花旗松、冷杉、枫树和山茱萸的掩映下,裹着岩石更湍急地沿峡谷奔流而下。与伊利路特溪交汇后,它又曲

《内华达瀑布》
1872年或1873年,阿尔伯特·比兹塔特 绘
大都会艺术博物馆

折流过很长一段距离，进入阳光灿烂的平坦谷地，和其他溪流汇合。这些溪流与它一样，一路载歌载舞地从雪山流入山谷，共同汇成了默塞德河的干流——"慈悲圣母河"[1]就此诞生。河流永无止境，可生命却如此短暂。但没关系，只要能在这神圣的光辉中度过一天的时光，那我们付出的汗水和忍受的苦难就是值得的。

在与巴特勒教授分别之前，他送了我一本书，我则给了他一幅素描，送给他的小儿子亨利。亨利是我最喜欢的孩子，在我还是个学生的时候，他就常常来我房间。我永远忘不了他在高脚凳上发表的爱国宣言，那时他还只有 6 岁。

奇怪的是，来约塞米蒂观光的游客几乎对这壮丽的奇景无动于衷，就好像被蒙住了眼睛、堵住了耳朵。我昨天见到那些人大多低着头，仿佛对周围发生的一切无知无觉。可就在这里，汹涌的流水从群山各处汇聚而来，奏响美妙的旋律，奇绝的岩石在这雄浑的乐声中颤动，天使也要下凡聆听这天籁。然而，有些看起来睿智而体面的人却还在用挂着蚯蚓的弯钩捕鳟鱼，把这种活动当消遣。如果他们是在教堂中听着沉闷的布道，那么钓一钓圣水盆里的鱼来打发时间倒也不坏。但此时，上帝正在用流水与岩石传达最崇高的道义，他们却在约塞米蒂的圣殿中嬉戏，从鱼儿挣扎求生的痛苦中寻求乐趣！

---

1 19 世纪初，以加夫列尔·莫拉加为首的西班牙探险队到达河流南岸，将该河命名为"慈悲圣母河"（Rio de Nuestra Señora de la Merced），这是默塞德河（Merced River）名字的由来。

现在，我已回到营地的篝火旁，却还是忍不住回想这次有关我朋友的奇妙的心灵感应。我当时无法确切得知他是否身在千里之外，却感觉他就在山谷中，而他确实离我只有四五英里。这听起来是一种超自然的现象，但说到底，不过是我们无法理解其背后的原理罢了。不管怎么说，过分强调这件事情总显得有些愚蠢，毕竟相比于所谓的超自然力量，大自然中稀松平常的事物反而更加神奇和玄妙。客观来讲，哪怕是最常见的自然现象也比我们听过的大多数奇迹要神奇得多。也许我坐在圆顶上写生时，有某种无形的力量投射到了我身上，类似那种让两个人一见面就互相吸引或互相排斥的力量。现如今，与此相关的无稽之谈已数不胜数。而神秘事物最可怕的负面影响就在于，它会让人们忽视那些神圣而平常的事物。这段心灵感应的插曲是我生命中最神奇的体验。我想，如果霍桑听说我的经历，可能会将其写成一部奇幻的爱情故事，没准还会将我的老朋友替换成一位美丽的女子。

8月5日

今天早上天还没亮，我们就被卡洛和杰克的狂吠以及羊群惊跑的声音吵醒了。比利赶紧从他简陋的床铺逃到火堆旁，不想摸黑去归拢四散的羊群，也不想查明骚乱的缘由。后来我们才知道，原来是有熊袭击了营地。不过我觉得，在天亮之前，我们当时无论做什么都没太大用处。尽管如此，我还是很想知道发生了什么，便带上卡洛，循着羊群的动静，摸索穿过了树林。我不怕碰到熊，因为逃跑的羊会尽可能地远离敌人，而卡洛的嗅觉也值得信赖。在羊圈以东约半英里的位置，我们找到了二三十只羊，并成功将它们赶了回来，然后又去西边追回了另外一批逃亡者。天亮以后，我发现了一具带着余温的羊的残骸，这说明野熊肯定在我找羊的时候享用了大餐。这只羊被熊啃了一半，除此之外，圈里还躺着六只死羊，显然是在熊闯进羊圈时，被推挤到围栏边上的羊群闷死的。后来，我和卡洛又绕着营地转了一大圈，发现了第三批逃跑的羊，并把它们赶了回去，还找到另一具被啃了一半的尸体，看来早上有两头毛茸茸的掠夺者用过早餐了。我们轻易地查清了这两头凶手的行踪：它们各抓了一只羊，带着猎物翻过围栏，像猫叼耗子一样把羊叼了出去，放在离羊圈约 100 码的冷杉下，然后开始大快朵颐。吃完早饭后，我继续出去找羊，这次在离营地相当远的地方找回了 75 只。下午，在卡洛的帮助下，我成功将这 75 只羊带回了营地。不知道这次找全了没有，反正今晚，我要生一个大大的火堆，密切监控羊圈的动静。

我曾经问比利，既然营地里有更好的地方，为什么非要睡在羊圈旁的腐木上。他说他"想尽可能离羊群近一些，以防野熊偷袭"，结果现在熊来了，他却把床挪到了远处，看来他是怕被熊错认成羊。

我今天大部分时间都在找羊，研究工作当然也就中断了。不过能在黎明到来之前穿越阴暗的树林，倒也不虚此行。与此同时，我也对这些壮硕的野熊多了几分了解，它们的踪迹和用餐痕迹为我提供了宝贵的知识。今天的天空几乎无云，当然，雷声也没有像往常一样在正午时响起。

8月6日

昨晚，为了吓退野熊，我们在营地生了一个大火堆，把树林照得亮堂堂的，让人看着很舒心，也算是弥补了野熊造成的睡眠不足和羊群损失。挺拔的树木枝繁叶茂，映出温暖的光芒，和照耀着它们的火焰一样，仿佛要直冲云霄。尽管生了火，还是有头熊造访了，火光似乎没有把它吓跑，反而把它引了过来。它爬进羊圈，杀了一只羊，然后神不知鬼不觉地把猎物带走了。此外，圈里还有一只羊在围栏一侧被踩踏窒息而死。既然这些强盗已经尝过了我们的羊肉，再想阻止它们入侵，恐怕就没那么容易了。

今天，德莱尼从低地带来了补给和一封信。得知自己的财产遭受损失后，他决定立刻把羊群转移到图奥勒米河的上游。他还说，只要我们待在这儿，熊肯定每晚都会来营地，不管我们生火还是制造噪声，都不可能把它们吓跑。东方地平线上只有几片薄薄的、泛着光泽的云彩。远处又传来了雷声。

第八章

THE MONO TRAIL

莫诺小径

8月7日

今天一大早，我们就告别了野熊和美妙的银杉营地，沿着莫诺小径缓缓向东行进。之前在特纳亚湖游览时，我曾看到过很多繁花似锦的小片草地，令人赏心悦目。而今天日落的时候，我们就要在其中一片扎营过夜。喧闹的羊群搅得尘土飞扬，与这天然的花园格格不入，简直比羊群中的熊还要突兀。它们对这里的糟践实在令我痛心，但光明的希望还是超越了眼前的尘埃与喧嚣，在我心里升起，让我期待美好的将来——到那时，我已经赚够了钱，可以背起行囊，随心所欲地到纯粹的荒野中漫步。如果面包吃完了，我就跑下山，到最近的补给点再领一些。就算在寻求补给的路上，我也能有所收获，因为身在神圣的山脉中，无论上山还是下山，我走走跳跳的每一步都能带来有益的启示。

8月8日

  今天我们在特纳亚湖西端扎营。我早早就到了湖边，在冰川打磨过的石面上沿北岸散步，然后登上湖东的山岩。傍晚的余晖下，那块山岩正闪闪发光。尽管它比湖面高出约 2 000 英尺，海拔也有约 10 000 英尺，但其表面几乎处处都有巨大冰川刮擦、打磨过的痕迹。可以看出，曾有冰川覆在上面，并重重地从其顶端横扫而过。从山岩表面的划刻和挤压痕迹来看，这场古老而壮观的冰洪是从东边袭来的。即使在湖面以下，部分岩石表面仍然有凹陷和磨光的痕迹。海浪的拍击和自然的分解作用甚至没能抹去最外层的冰川印记，而我也必须得脱掉鞋袜，才能登上最陡峭的抛光地带。若要分析冰川运动对山体形成的影响，这里可谓是一个绝佳的研究点。我还在此处发现了很多迷人的植物，如北极菊、福禄考、白绣线菊和线香石南，以及各种岩蕨，包括旱蕨、碎米蕨和漠米蕨，它们沿风化的岩石缝隙一路蔓延到山顶。这里还生长着粗壮的刺柏，它们就像是雄伟而古老的灰棕色纪念碑，坚毅地挺立在零零星星的岩缝中，向人们讲述着数百个冬天的暴雪与雪崩。在我看来，从山顶俯瞰湖面可以欣赏到最美的景色。这里还矗立着另一块岩石，孤零零地立在特纳亚湖的最上游，高度不超过之前那块山岩的一半，但形状却更惹人注目。这是一块经过磨光的花岗岩，高度约 1 000 英尺，不见瑕疵，结构坚固，像海浪冲刷过的鹅卵石。它之所以能够存在，或许是因为它对冰洪的磨蚀具有超凡的抵御能力。

我为特纳亚湖画了一张素描，然后漫步回营地，铁底鞋在岩路上叮当作响，惊扰了山中的花栗鼠和鸟儿。天黑后，我来到岸边，湖面无风镜未磨，倒映着繁星、林木以及怪异的岩石。它们的恢宏之美在水中进一步升华，令人叹为观止，仿佛这里不是凡间，而是仙境。

8月9日

我领着羊群穿过默塞德河与图奥勒米河的分水岭。霍夫曼支脉的东端与大教堂峰附近的大片山岩之间有一条缺口。这道沟壑虽因山脊和波状的褶皱变得崎岖不平，但古老而庞大的冰川似乎就是通过这道沟壑从山巅滑落而下的。在越过这道分水岭时，冰川从图奥勒米草地开始抬升，上升高度约 500 英尺。整片区域应该都曾经历过冰川的扫荡。

站在分水岭顶端和广阔的图奥勒米草地可以看到壮丽的大教堂峰。无论从哪个角度看，这座山峰都是如此与众不同。它是由一块天然岩石雕刻而成的雄伟圣殿，上面装饰着尖顶和高塔，具备传统的教堂结构。山顶的矮松如苔藓一般。真希望有一天能爬到山上祷告，聆听古岩的布道。

广袤的图奥勒米草地繁花似锦，沿图奥勒米河南部的支流铺展开来，海拔约 8 500~9 000 英尺。草地的部分区域被森林和冰川打磨过的花岗岩分隔开来。这里的山脉像是被清除或者后移了，所以从各个方向都能看到开阔的景色。草地上端位于莱尔山山麓，下端则位于霍夫曼山脉的东端脚下，全长约 10~12 英里，其宽度从四分之一英里到四分之三英里不等，并在多条支流沿岸展开分支。这片草地是我见过的最开阔、最令人心旷神怡的高山乐园。这里的空气清新凉爽，但白天仍不失温暖。尽管海拔很高，周围的山峰却比草地还高出许多，让人感觉像是站在大礼堂中间，受到四周高墙的守护。两座巍峨的红色山峰——达纳山和吉布斯山——遮挡了草地东面的视野，二者的高度可达 13 000 英尺以上；南面是大教堂峰、独角兽峰以及许多无名的山峰；西面是霍夫曼山脉；北面则是很多尚未命名的山峰，其中有一座形似大教堂峰。草地上的大多数草叶都十分纤细丝滑，而且特别修长，它们共同形成了一片细密的草坪。绽放其上的紫色小花像是飘浮在薄雾般的柔光中。龙胆草至少有三种，鹰钩草、委陵菜、鼠莓、一枝黄花和钓钟柳也有三种以上，紫色、蓝色、黄色和红色的花朵呈现出缤纷的色彩——不久之后，我可能会对这些植物有更深入的了解。这里兴许会搭建一处主要的营地，我希望能以此为起点，到周围的群山中远足探险。

　　回程路上，我在特纳亚湖以东约三英里处与羊群会合，这里就是我们今晚的营地。营地附近有一片小湖，位于分水岭顶部的二针松林中。我们现在所处位置的海拔约为 9 000 英尺。无论在

《约塞米蒂的莱尔山》

1878 年,威廉·布拉德福德 绘

私人收藏

山脊、山腰还是冰碛巨石堆，小湖都随处可见，其中大部分只能算是水潭。只有在大河冲刷而成的峡谷中，在冰川冲力最大的地方，才能看到广阔深邃的湖泊。如果能把它们全部找出来，一一展开研究，那该有多好啊！它们的湖水多么清澈，简直就像一块剔透的水晶落在石盆之中！据我观察，这些湖里都没有鱼，我想也许是瀑布让鱼儿游不进来。尽管如此，鱼卵也可能因机缘巧合进入湖泊，如粘在鸭子的蹼和喙上，或藏在它们的嗉囊里，就像植物传播种子一样。大自然有很多办法来实现这些事情。另外，在所有沼泽、水潭和湖泊中都能见到青蛙的身影，它们又是如何爬上这些高山的呢？肯定不是跳上来的，因为在干燥的灌木丛和巨石间跋涉数英里，对它们来说是一项极其艰难的任务。也许是它们黏胶一般的卵粘在了水鸟的脚上，从而被带到了高处。无论如何，它们都在这里生活、歌唱，尽享康乐。我喜欢听它们欢快地呱呱鸣叫，这些青蛙有时甚至可以取代鸟儿，成为山间的歌者。

8月10日

又是美妙的一天，这样的日子让人热血沸腾、神经振奋，仿佛永远不会疲倦，生命永不枯竭。我又看到了那条冰山打磨过的广阔分水岭，并一次次凝视着内华达山脉的圣殿和草地东面那两座红色的高山。

我们在河北岸的苏打泉附近扎营。让羊群过河真是一项苦差事。我们这次把羊赶到马蹄形的河湾，将它们挤下了水。它们好像宁死也不愿离开河岸，但其实在万不得已时，它们完全能顺利渡河。我不知道羊这种莫名其妙的恐惧从何而来，但它们确实生来就怕水，或许在它们出生之前便注定如此。有一次，我看到一只羊羔走近了一条宽约 2 英尺、深约 1 英寸的浅溪，而这只小羊才出生几个小时，总共也就走过 100 码左右的路。当时，整个羊群都已经到了浅溪对岸，由于母羊和小羊在队伍最末尾，我正好有机会好好观察它们的行动。羊群一离岸，母羊就着急地蹚过了溪流，并呼唤小羊跟上。小羊先是小心翼翼地走到岸边，凝视着水面，然后可怜巴巴地叫了起来，就是不愿冒险。耐心的母羊一次次回到小羊身边鼓励它，但过了很久还是没有劝动，它就像面对湍涌的约旦河的信徒一样，始终不敢下水。最后，它终于还是鼓足勇气，迈出那颤抖的、没走过两步路的双腿，使劲昂起头，像是经历过溺水一样，生怕溪水没过它的鼻子。然后，它纵身一跃，跳进了 1 英寸深的溪流中央。这时它才惊讶地发现，溪水并未淹没它的脑袋和耳朵，只有羊蹄在水下而已，就这样，它先是盯着粼粼的水面看了一会儿，然后安全而干爽地跳上了岸，完成了这次可怕的冒险。所有野羊，无论是何种类，全都属于山地动物，所以其后代对水的畏惧确实令人费解。

《苏打泉》

年份不详,威廉·富兰克林·杰克逊 绘

私人收藏

8月11日

　　今天天气晴朗，只有中午下了 10 分钟的雷阵雨。我整天都在漫步，熟悉河流北岸的区域。在这里，我发现了一小片湖泊和许多迷人的冰川草地，外围环绕着广阔的二针松林。这片松林生长在一大片连绵不断的冰碛沉积物上，长势格外均匀，比远处山脚下的冷杉林或松林要密集得多。林中的树木高度均等，说明它们树龄接近或是相同，这种现象可能主要由山火造成。我在其中看到了几处枯枝密布的片状和带状区域，褪色的枯枝下方还覆盖着高度均一的树苗。山火可以在这些树林中快速蔓延，不仅因为薄薄的树皮富含树脂，也因为树木长得很密。而且这里的土壤也比较肥沃，富含养分，所以长满了高大的阔叶草，即使在无风的天气里，野火也能顺着杂草蔓延。除了被焚毁的区域外，林中还散落着很多被连根拔起的大树，有的还保留着树皮和针叶，就像是最近才在雷雨天被刮倒的。我还看到了一只体型庞大的雄性黑尾鹿，其鹿角就像松树倒下后翘起的树根。

　　我在茂密的松林中越过重重阻碍，散步良久之后，终于走进了一片平整的草地。草地洒满阳光，像一片光芒汇成的湖泊，长约一英里半，宽约四分之一到二分之一英里，周围环绕着高大笔挺的松树。这片草地和附近所有冰川草地一样，都是以丝滑的剪股颖和拂子茅为主。它们开着紫色的花朵，茎也是紫色的，看起来格外轻盈飘逸，就像一团薄薄的云雾，飘浮在绒毯般的绿叶上。草地上还长着各种龙胆草、委陵菜、鼠莓和鹰钩草，引来蜜蜂和蝴蝶，为草地增添了缤纷。虽然所有冰川草地都很漂亮，但如此完美的寥寥无几。与之相比，那些精心修整的人工草坪都显得粗糙不堪。我真想一直住在这儿。这里如此宁静，远离尘嚣，却又向整个宇宙敞开了大门，与所有美好事物融为一体。我还在这片迷人的草坪北面发现了印第安猎人的营地，里面的篝火正燃烧着，但猎人们还在外狩猎。

我在一块块草地中穿梭，每一块都美得不可言喻。穿越一片片树丛，走过长满笔直树木的林带，途经一片片湖泊，一路向北，朝康内斯山前进，沿途处处皆美景，而周围的群山也在对我呼唤："来吧。"希望我能有机会攀登所有的山峰。

8月12日

我们所处的海拔不断攀升，天空中的景象却没有太大变化。云量很少，珍珠般的积云甚是绮丽，泛着优雅细腻的紫色，有一种难以形容的美。我们的营地转移到了之前提过的冰川草地边。放任羊群践踏如此美丽的草地似乎有些残忍，好在它们更喜欢多汁的阔叶小麦和其他林地野草，所以很少啃食或涉足草地上那些丝绸般的植物。

牧羊人比利和德莱尼在放羊的方式上产生了难以调和的分

歧。德莱尼抱怨比利总是让他的狗杰克放羊，今天他们两个还爆发了争执。比利大声说，他有权用狗放羊，想用多少次就用多少次。吵完之后，他就出发去平原了。看来照看羊群的任务就落在我身上了。不过德莱尼先生也承诺，他会先自己放一段时间，然后回低地再找一个牧羊人，这样我就能随心所欲地漫步了。

今天的漫游之旅也让我大饱眼福。我一路向北，越过森林，来到整片盆地的最上端，这里还保留着极为清晰的冰川运动痕迹，饶有趣味。山峰间的凹陷看起来像一片片采石场，而散落在大自然的"冰川工坊"地面上的冰碛碎屑和巨石也保持着最原始的风貌。

刚回营地没多久，我便碰到一个来访的印第安人，他可能来自我之前看到的那片营地。他说他从莫诺小径来，和部落里的其他人一起外出猎鹿。这个印第安人身上背着一只鹿，是在离我们营地不远的地方猎到的，鹿腿上还绑着额前的装饰束带。他卸下猎物，一言不发，以印第安人的方式冷淡地注视着营地，然后给我们割下了 8~10 磅的鹿肉，希望以此换取一点他看到或是想到的东西，例如面粉、面包、糖、烟草、威士忌和针等等。依照公道的价格，我们用面粉、糖外加几根针换了他的鹿肉。在纯净的荒原上，这些黑眼睛、黑头发的野蛮人过着幸福而又艰辛的日子。他们脏兮兮的，生活并不规律：有时能填饱肚子，有时要忍饥挨饿；有时一动不动、好逸恶劳，有时又不知疲倦、令人敬佩。这些相反的状态就像冬天和夏天，他们也就以暴风骤雨的节奏过着这忽冷忽热的生活。印第安人拥有两种让文明社会的劳动者艳羡的财富——纯净的空气和纯净的水，这足以掩盖和弥补他们生活中的粗糙。他们的食物主要是上好的浆果、松子、三叶草、百合鳞茎、绵羊、羚羊、野鹿、松鸡、艾草鸡以及蚂蚁、黄蜂和蜜蜂等昆虫的幼虫。

8月13日

一整天都阳光普照，黎明和黄昏的天空泛着紫，正午又变成金色，空中无云，连一丝风也没有。德莱尼先生带着两个牧羊人来到营地，其中一个是印第安人。在从平原赶来的路上，他在葡萄牙人的营地里留了些补给，那营地就在豪猪溪附近，离我们之前的约塞米蒂营地不远，于是我今早便牵了匹马去取。正午时分，我抵达豪猪溪的营地，本来晚上就能回到图奥勒米营地，但在那些葡萄牙牧羊人的盛情邀请下，我决定留在那里过夜。他们跟我说了很多伤心事，讲起约塞米蒂的熊造成的损失。他们看起来非常沮丧，似乎要离开这里了，因为熊每晚都来，不管他们怎么努力，总有羊会被吃掉。

下午，我沿着约塞米蒂的岩壁尽情漫步。从"三兄弟岩"的最高点，我欣赏到了壮丽的景色，谷底的上半部分尽收眼底，两侧和顶端岩壁的所有岩石也几乎被囊括在视野中，远处则是白雪覆盖的山峰。我还在这里看到了弗纳尔瀑布和内华达瀑布，它们构成了一幅恢宏的画卷：岩石象征力量与永恒，植物则体现出一种纤弱、细腻和易逝的美感，二者相济而生；河水伴着雷鸣般的声响飞流而下，但它也会以最轻柔的美态流经草地和树丛。这里的海拔约 8 000 英尺，与谷地相距约 4 000 英尺。远远看去，每棵树都如羽毛般小巧玲珑，但树上的细节却清晰可见，令人赞叹不已，甚至连投下的阴影都轮廓分明，仿佛与我只有几码的距离。没有任何语言能准确描绘这座山地公园的精致与魅力，它是大自然的风景园林，既温柔妩媚，又崇高庄严，难怪热爱大自然的人会从世界各地慕名而来。

即使在这高峰之上，冰川的运动痕迹也清晰可见。这座在阳光下微笑着的美丽山谷曾被冰川完全填满，甚至遭冰川深深掩盖。

我回到位于印第安溪源头的约塞米蒂旧营，发现这里已经被熊掌踏平了，熊把闷死在羊圈里的羊都吃了。不过有些大家伙肯定已经没了命，因为在离开营地前，德莱尼先生往羊的尸体里投了大量毒药。所有养羊的人都会随身携带士的宁，用来毒死郊狼、野熊和黑豹。不过郊狼和美洲豹在高山很少见，长得像狗一样的小狼往往在山麓和平原更常见，对它们而言，那里的食物更充足。至于黑豹，在海拔 8 000 英尺以上的地区，我只见过一次它们的足迹。

日落后，我回到葡萄牙人的营地，发现牧羊人们正对野熊的行为激愤不已。这些熊逐渐爱上了羊肉的味道。牧羊人们悲叹道:"它们越来越猖狂了。"熊已经不愿像从前那样耐心等到晚上再行动,它们如今会在光天化日下袭击和杀戮,然后大快朵颐。就在我来营地的前一天傍晚,两个牧羊人正趁着日落前的半个小时悠闲地把羊群往营地赶,这时,一头饿熊从距离营地几码的灌木丛中冒了出来,不慌不忙地奔着羊群走去。其中一个牧羊人——"葡萄牙人乔"——赶忙用他随身携带的铅弹枪朝熊开火,没等看清打中没有,他就扔下枪,找了一棵离他最近、高度合宜的大树,爬到了安全的高度。另一个牧羊人也跑了,但他说,他看到那头熊用后腿站了起来,挥舞着双臂,好像在找什么人,接着又像受伤了一样钻进灌木丛中。

他们还曾在附近另一个地方扎营。有一次太阳落山前,羊群正要进圈,结果碰到一头熊带着两头幼崽袭击羊群。乔赶紧爬到树上避险,而安东则埋怨同伴的软弱和失职,他说自己决不会让熊在大白天"吃掉他的羊",于是便奔向野熊,大喊大叫,还放狗咬它们。两头受惊的小熊爬上了树,母熊却跑到牧羊人面前,似乎很想打上一架。安东震惊地看着迎面而来的母熊,站在原地愣了一会儿,然后也转身逃跑了,母熊还在他身后紧追不舍。由于没找到适合攀爬的树木,他只能先跑到营地,爬上小木屋的屋顶。母熊紧随其后,但没有往上爬,只是愤怒地抬头瞪了他几分钟,向他发出威胁的信号,把他吓得魂不附体。然后,母熊便朝幼崽走去,把它们从树上叫了下来,一起闯进羊群,并抓了一只羊当晚餐,随后便消失在了灌木丛中。熊一离开木屋,浑身发抖的安东就恳求乔给他找一棵安全的大树,然后安东就像水手爬桅杆一样爬了上去,并在上面一直待到坚持不住为止。有过这些灾难般的经历后,两个牧羊人每晚都要砍来一大堆干柴,然后围着羊圈燃起篝火。他们还会在一处舒适的高台拿着枪轮流放哨。这座高台搭在附近的松树上,从上面可以清楚地看到羊圈。今晚,一圈火光营造出了美好的景象,把周围的树木照得格外醒目,也照亮了几千只羊的眼睛,仿佛一片铺满钻石的矿床。

8月14日

虽然我们昨晚时刻都在提防毛茸茸的劫掠者,但在我睡觉前一切都风平浪静。午夜将近,它们终于来了——有两头熊大胆地走到两大堆篝火之间,爬进羊圈,杀了两只羊,另有十只羊被闷死了。树上吓坏的守夜人一枪未开,他说他害怕把羊误杀了,因为在他什么都没看清的时候,熊就已经进了羊圈。我跟牧羊人们说,应该赶紧把羊转移到别的营地,他们却哀叹道:"唉,没用的,没用的。我们去哪儿,熊就跟着去哪儿。看看我这些可怜的羊吧——过不了多久就要死光了。去别的营地也没用,我们得去平原。"后来我听说,他们离开山区的时间比往常早了一个月。如果熊的数量更多、破坏力更大,那所有羊群可能都要撤得远远的了。

奇怪的是，熊明明什么肉都爱吃，甚至愿意冒着被枪支、烈火和毒药伤害的危险去捕猎，但只要人类对其幼崽没有威胁，它们就从不攻击人类。熊若想趁我们熟睡时把我们当成猎物带走，那简直不费吹灰之力！在所有动物中，似乎只有狼和老虎会把人类当成猎物捕食，鲨鱼和鳄鱼也有可能。我想，在世界上某些地方，蚊子等昆虫可能也会啃食无助的人类，狮子、花豹、恶狼、鬣狗和黑豹如果饿急了，可能也会吃人。不过一般情况下，在所有陆上动物中，可能只有老虎才算真正的食人动物——如果排除人类本身的话。

今天的云量和往常一样稀少。又是美好灿烂的一天，内华达山区空气清新，温暖宜人，阳光明媚，处处弥漫芳香。很多开花植物已经结籽，还有很多花朵每天都在绽放，冷杉和松树的香味也比以前更加浓郁了。它们的种子马上就要成熟，很快便会如最欢乐的鸟群一般展翅高飞。

在返回图奥勒米营地的路上，沿途美景带给我的愉悦甚至比初见时还要强烈。一切都如此熟悉，就像我始终生活在这里一样。我永远都看不厌那奇妙的大教堂峰。在我见过的所有岩石和山峰中，它是最独特的一个，或许只有约塞米蒂的南圆顶能出其右。除此之外，这里的森林、湖泊、草地和欢唱的溪流也都如此亲切。我真想永远伴着它们生活。在这里，我只要有面包和水就够了。哪怕被绑在草地或林间的树桩上，不能在山岩间漫游攀登，我也永远心满意足。置身于这样的美景之中，欣赏变幻莫测的群山，仰望在低地做梦也想象不到的璀璨星辰，看着四季的轮回，聆听流水、山风和鸟儿的歌声，我将享受到无尽的欢乐。除此之外，我还能观赏到恢宏的云景，体验山中的狂风骤雨或是风和日丽——每天都能看到新的景象，遇到新的山民，还会有无数生灵过来看望我。我肯定感觉不到一刻的无聊。这也不算什么过分的要求，只是一种寻常的愿望，是健康的体现，真实、自然而清醒的健康。人们可以看到永不落幕的神圣剧目，享受绝佳的台词、音乐、表演、布景和灯光——看那太阳、月亮、星星和极光！造物的过程才刚刚开始，"晨星一同歌唱，神的众子也都欢呼"。

《山峰上的云》

年份不详,阿尔伯特·比兹塔特 绘

私人收藏

第九章

BLOODY CAÑON AND
MONO LAKE

血峡和莫诺湖

8月21日

我刚刚返回营地。今天沿着莫诺小径,或者说血峡山道,穿越了山脉,来到莫诺湖,尽情享受了一次野外远足。整个夏天,德莱尼先生都对我很好,他理解我的感受,只要我有需要,便会伸出援手,好像我那些疯狂的想法、漫游计划和学术研究都与他息息相关。很多了不起的加利福尼亚人都经过了淘金热潮的淹没、剥蚀、重塑,德莱尼先生便是其中之一。他如同内华达山区的自然景观,经过冰川打磨后,那山脊般坚毅的品格愈加凸显。德莱尼先生是爱尔兰人,又高又瘦,骨架粗大,心胸宽广,曾在梅努斯学院受过神职教育。他身上的很多优点不时会在这明亮的山间展现出来。他知道我对荒野的热爱,于是有天晚上,他建议我穿过血峡山道看看,他相信我可以在那里见到纯粹的原野。他说,他自己也没去过那里,但听矿工朋友们讲,那里是整个内华达山区最荒凉的峡谷。我自然是乐得一见的。血峡山道就在我们营地东侧,从山脉顶峰陡然而下,一直延伸到莫诺荒漠的边缘,其高度在四英里左右的距离下降了约 4 000 英尺。在 1858 年的淘金热中,血峡山道首次被白人注意到,但在此之前,其实早有野生动物和印第安人发现并走过了这条路,交会于山道起点的古老小径就是证据。"血峡"这个名字据说来自遍布峡谷的红色变质板岩,也有人说是因为这里常有倒霉的动物滑倒在尖锐的巨石上,使岩石表面沾染了血迹。

今天一大早,我把笔记本和面包系在腰间,满怀着热切的希望大步向前,感觉自己要去参加一场盛大的狂欢。沿途的冰川草地让我放慢了清晨的脚步,上面长满了蓝色的龙胆、雏菊、山月桂和低矮的越橘,它们如老友一般热情地呼唤着我。这里还有闪闪发光的岩石,让我不禁屡屡驻足,细细观察。古老的冰川曾在上面重重地碾过,将它们打磨得格外光滑,一些地方甚至像镜子一样反射着阳光。如果用放大镜仔细观察,可以清晰地看到岩石表面的细小条纹,由此可以判断冰川流经的方向。某些磨光的倾斜岩板有凸起的石阶,说明在冰川压过岩石的时候,偶有大大小小的岩石被冰川挤走了。另外,这里还零星分布着冰碛,有的散落一地,有的整齐地聚在一起,像弧形的长堤,让整片地表看起来像是刚刚形成一般。我越爬越高,看到的松树却越来越矮,其他植物也几乎没有例外。在血峡山道南面的猛犸山山坡,我看到很多树林存在缺口,这些缺口从高山林线的上缘一直延伸到平坦的草地。雪崩时，积雪就顺着这些路径下落，它们清走了沿途所有树木，也带走了树木赖以生存的土壤，只留下一片裸露的基岩。几乎所有树木都被连根拔起，但还是有几棵牢牢扎根于岩石的裂缝中，于靠近地面的位置被折断。有些老树已经安然无恙地活了一个多世纪，结果一场雪崩就将它们击倒了，这现象乍一看很令人费解，但实际上，如此大规模的雪崩只有在特殊的天气和降雪条件下才会出现。毫无疑问，受表面的倾斜度和光滑度影响，山坡某些位置在每年冬天，甚至每场暴雪过后都有可能发生雪崩。如此一来，落雪的路径上自然也就无法长出树木乃至灌木。我发现了几片被大雪扫净的山坡。曾经生长在"世纪大雪崩"路径上的树木被连根拔起，它们大头朝下，紧靠着缺口外围的树木堆成一排，只有寥寥几棵被带到了开阔的草地，这也是雪崩到达的最远的位置。现在，这些清理过的缺口中已经长出了松树幼苗，其中大多是二针松和白皮松。如果能确定这些树苗的年龄，就可以大致推断出大雪崩发生的年份，这一定会是一项有趣的研究。也许这些雪崩大部分都发生在同一年冬天。要是真能如愿开展这样的研究就好了！

我在山道顶端的山峰附近发现了一种矮柳，它完全贴着地面生长，所有茎干和枝条都不超过 3 英寸，形成一片漂亮、柔软、如丝绸般细腻的灰色地毯。行将成熟的灰色柳絮却直立生长，排列密集而均匀，看起来比其他植物都要大。这些别致的矮柳有些只有一枝柳絮，整片树丛已经达到最矮小的状态。我还在这里发现了成片的矮越橘，它们紧贴着地面或岩石生长，如光滑的地毯一般，上面开满了圆圆的粉花，数量之多就像从天而降的冰雹。再往上走一点儿，我发现几乎每条山道的顶端都生长着蓝色的北极菊和开着紫花的线香石南，它们是大山的宠儿，是面朝苍天的温柔山民，在成千上万个奇迹的守护下享受着安全与温暖。似乎家园越是荒凉，越是风暴不断，它们看起来也就越美丽，越纯洁。富含树脂的树木虽然坚韧且顽强，但它们只能矗立在原地。相比之下，这些娇嫩的植物却可以不断向上攀登，远远地超越林线，欢快地铺开灰色和粉色的毯子，一直铺展到深谷和阴影处的雪堆边缘。这里还有我亲切的知更鸟，它们在繁花盛开的草地上轻快地蹦着，勇敢地唱着那熟悉的欢乐旋律。当我还是个小男孩，刚从苏格兰来到威斯康星时，我第一次听到了知更鸟的歌声。陶醉在鸟语花香中，我悠然地漫步，全然忘了时间，最后终于进入山道的入口，一块块巨石也带着神秘气息出现在我周围。就在这时，一群古怪的家伙拖着沉重的步子，摇摇晃晃地朝我走来，仿佛身子里没有骨头。它们浑身被浓毛包裹得严严实实，吓了我一大跳。要是从远处就望见了它们，我肯定会尽量躲远一些。它们和我方才欣赏到的美景形成了鲜明的对比。待走近后，我才发现这不过是一群来自莫诺的印第安人，正要去约塞米蒂采摘橡果。他们裹着野兔皮做的毯子，有的人脸上挂着厚厚的泥土，看起来已经粘了很久，几乎具备了地质学的价值。一些人的脸已模糊不清，被一条条节理般的缝隙和皱纹分割成好几部分，一副饱经风霜的磨损样子。我想赶紧从这群人身边走过去，结果却被拦住了。他们紧紧围着我站了一圈，向我索要威士忌和烟草，要他们相信我没有这些东西不是件易事。最终，我还是成功摆脱了这群阴沉沉的家伙，看着他们在山路上渐行渐远，我高兴极了！不过，他们虽然不太体面，却依旧是我的同类，我对他们感到的嫌恶似乎也有些可悲。相比于同类，我更喜欢与松鼠和土拨鼠为伍，这种偏好肯定也不合常理。我还是要隔着清风与一两道山峦，祝福这群印第安人好运常伴，并借用彭斯的诗句为他们祈祷："那一天就要到来，不管那一切，那时普天之下，人人皆是兄弟，不管那一切。"[1]

我几乎不知道这一天是怎么过去的。我在冰川打磨过的岩石、冰碛和高山花园中流连忘返，不停驻足观察，描绘它们的形态，还要做些笔记，这些工作一定花了很长时间，因为此时太阳已经西斜，但从地图上看，我大约只走了 10~12 英里。

日落时分，昏暗的峭壁和山峰在晚霞的映衬下呈现出难以言喻的美感，一种庄严可畏的寂静笼罩了整片山景。我缓缓爬到峡谷口附近的山沟，刚好位于一口小湖旁，在那里找到一处庇护所。我把地面收拾平整后，又拾来一些松树花穗做床铺。暮光只短暂停留了一会儿，当它开始褪去时，我便燃起一堆温暖明亮的篝火，泡了一杯茶，然后躺下看星星。不久后，夜风从头顶白雪

---

[1] 出自罗伯特·彭斯《无论何时都要保持尊严》，原文为："It's coming yet, for a' that, that man to man, the world o'er, shall brothers be for a' that."

《北美知更鸟》

1832年,约翰·詹姆斯·奥杜邦 绘

美国国家美术馆

皑皑的山峰吹来，起初只是如呼吸般轻柔的微风，后来风力逐渐加大，才过了不到一小时，便发出巨大的轰隆声，如同奔腾在巨石遍布的河道中的溪流，咆哮着顺峡谷而下，仿佛要完成一项极其重大的使命。峡谷北侧的瀑布声与狂风的怒吼交织在一起，时而清晰可闻，时而为更喧闹的疾风所掩盖，谱写出了一曲恢宏的荒野赞歌。我燃起的篝火一直在不安地摇曳、扭动。这里虽是避风的角落，可凛冽的寒风却时常像一座座冰山落在火上，搞得火花和木炭四散飞溅。我只好躲得远远的，以免烧伤。相比之下，矮松富含松脂的树根和根瘤既不会被打散，也不会被吹跑，燃起的火焰时而如长矛般直冲天际，时而平贴着岩石地面扭动，呼啸着讲述矮松在风暴中的经历，而那明亮的火光则诉说着它们几百年来收集夏日阳光的故事。

漆黑的巨崖之间，明亮的星光在一线夜空闪烁。正当我躺在洞里回想白天的经历时，一轮满月忽然从峡谷的岩壁升起，俯视着地上的我。她的脸上满是热切的关心，让我不禁为之震撼。她就像一个进入我房间的客人，离开了天幕，只为下凡凝视我。我甚至快忘了她其实还在天上，在关注我的同时，也在凝视着半个地球，凝视着陆地与海洋，凝视着高山、平原、湖泊、河流、大洋、船只和城市，以及城市中无数睡去又醒来，健康或患病的居民。不，在我眼里，她似乎只存在于血峡的边缘，只关注我一个人。此刻，我与大自然的距离确实更近了一步。还记得在威斯康星州，我曾看着秋分的满月从橡树林中升起，她看起来有车轮那么大，仿佛与我相距不过半英里。除此之外，我几乎从没好好看过月亮。而今晚，她仿佛充满生命力，与我近在咫尺，这神奇的景象实在令我印象深刻。我忘记了印第安人，忘记了头顶的黑色巨岩，也忘记了沿崎岖峡谷呼啸而下的狂风与湍流。我这宿自然是没怎么睡，欣然迎来了莫诺荒漠的黎明。等我泡好茶，阳光已经洒满峡谷，于是我便起身继续前行，热心地观察着红板岩构成的高墙。这些板岩被无情地劈砍，留下道道伤疤，似乎只要有一场够大的雪崩，岩壁就会轰然坍塌，堵塞山道，填平一连串的小湖。不过很快，这些岩石的魅力便显现出来，于是我轻快地穿梭其间，欣赏着岩石光滑的浮凸——它们在斜照的阳光下熠熠生辉，在一片粗糙的冰碛和雪崩后的堆岩中格外光彩夺目，甚至一直延伸到最高的冰泉附近，在峡谷顶端闪闪发光。此外，我还看到了昨天在分水岭另一边发现的大多数低矮植物，它们绽放的花朵如缓缓睁开的美目。这些植物竟能在如此荒凉的地方享受到大自然温柔的呵护，怎能不让人为之欢欣鼓舞。在湍急的峡谷溪流边，我还看见岩石间轻飞的小黑鸫，它们一边潜入冰凉的潭水中寻找早餐，一边唱着欢快的歌，仿佛这座崎岖巍峨、雪崩肆虐的峡谷是它们在山中最快乐的家园。血峡北侧的崖壁上挂着一条壮观的大瀑布，仿佛是从天际直直落下的。这里还有很多狭窄的小瀑布，它们如一条条明亮的银色缎带，沿赤色悬崖蜿蜒而下，流过变质板岩倾斜的节理，时而收窄水流，消失得无影无踪，时而透过阳光形成薄薄的水帘，在岩架之间穿梭跳跃。这些瀑布最终会汇入峡谷溪的干流,而干流中又分出一系列小瀑布和湍流,一直延伸到血峡底部,中途穿插着一片片湖泊,那是汹涌急流的停歇之地。其中最美的一条瀑布就悬挂在峭壁之上,其水流被分隔成带状,顺着岩石的裂痕形成钻石般的图案,边缘生长着一簇簇如流苏般的线香石南、青草、莎草和虎耳草。谁能想到,这荒山野岭竟有如此的美景?绚烂的花盛开在峡谷各个角落:我头顶是高山蓼、飞蓬、虎耳草、龙胆、铁线梅和报春花丛;中间是飞燕草、耧斗菜、鹰钩草、火焰草、蓝铃花、柳叶菜、紫罗兰、薄荷和菁草;脚下则是向日葵、百合、野蔷薇、鸢尾、忍冬属和铁线莲。

我把其中最小的一条瀑布命名为"绿荫瀑布",它位于山道下部,植被雪白而旺盛。茂密的野玫瑰和山茱萸在溪流上架起了一座拱廊,而离开绿荫覆盖的区域,数条支流汇入其中,溪水因此变得湍急,向前跃入光线之中,划出一道凹凸不平的弧线,溅起无数闪烁的水花。峡谷底部有一片湖泊,从某种程度上讲,它是因冰川的终碛阻截溪流而形成的。另外,峡谷中还有三片湖泊,它们坐落在坚硬岩石受侵蚀后形成的盆地之中,这些区域受冰川压力最大,盆地边缘最抗侵蚀的部分也被打磨得非常光滑漂亮。峡谷底部的冰碛湖下方还有几片古老的湖盆,它们位于延伸至荒漠的大块冰川侧碛之间。现在,这些湖盆已被溪流携带的物质完全填满,变成了干燥平坦的沙地,其大部分区域都覆盖着青草、蒿草和喜光的花朵。冰川在消退期间曾在此停留,这可能是

《高山飞燕草》

1815—1819 年,西德汉姆·爱德华兹 绘

选自西德汉姆·爱德华兹、约翰·林德利《爱德华兹植物志》

伦敦,詹姆斯·里奇韦出版社,1829—1847 年

由于其短期内消融速度的减慢，或遭遇了强降雪，抑或二者皆有。在此期间，终碛堆积成堤坝，最终形成了这些地势较低的湖盆。

我从温暖明媚的莫诺平原边仰望峡谷，感觉清晨的漫步之旅就像一场梦。一路走来，山中的植被和气候都发生了巨大变化。冰碛湖岸的百合高过了我的头顶，阳光也暖和得可以种棕榈树了。然而，山道顶端的极寒之地距此也不过四英里左右，那边的花田附近，积雪还清晰可见，两地之间几乎呈现出全球所有基本气候。人们可以用一小时左右的时间从冬天走到夏天，从北极走到热带。这段下山路的气候变化让人感觉像是从拉布拉多来到佛罗里达。

我在峡谷顶端附近遇到的印第安人曾在上山前夜驻扎于谷底，我发现他们的营火还在冰碛湖附近一条小支流的岸边冒着烟。而湖泊四五英里外便是莫诺荒漠的边缘，我在那里发现了一片壮观的披碱草，也就是野麦，它们结成在风中轻轻摇曳的一丛，高 7 英尺左右，顶部的麦穗长 7 英寸左右。现在，印第安妇女正把这些成熟的野麦收割到篮子里，她们先是弯下身子抓起一大把，然后打出种子，最后任风把杂质吹走。野麦的麦粒长约八分之五英寸，颜色很深，味道很甜。我想，用这种麦粒做成的面包应该和小麦面包一样美味。印第安妇女收割野麦的美好景象让我想起了采集坚果的松鼠，她们显然也很享受这份工作，虽然我见过的大多数印第安人与文明社会中的白人并无两样，都与自然格格不入，但这些妇女说说笑笑的样子却几乎与自然融为一体。如果有机会进一步了解印第安人，也许我会更喜欢他们。印第安人最大的问题就在于卫生。真正野性的事物都是干净的。我在莫诺湖岸边看到很多简陋的印第安小屋，那里有急流汇入死海般的湖泊。这些小屋也只能算是简易的帐篷，印第安人就在里面休息、吃饭。他们有的正躺在结满红色果实的高大灌木下吃水牛果，这种浆果没什么味道，但它们肯定非常健康，因为据说印第安人有时会连续几天甚至几周只以水牛果为食。现在这个季节，他们主要吃咸水湖中孵化的飞蝇幼虫，或者吃一种以黄松松针为食、身上带有褶皱的蚕。他们偶尔还会举办盛大的捕兔活动，届时，湖边会有成百上千只兔子被乱棍打死，印第安人的男女老少，连带他们的狗，一起对兔子连追带吓，将它们赶成紧紧一团，然后在周围点燃鼠尾草。这些兔子很快都会被杀死。印第安人会将它们的毛皮制成毯子。到了秋天，那些更加积极的猎人会从高山猎回很多野鹿，偶尔也能从山巅带回一只野羊。内陆山脉脚下的沙漠曾经有很多羚羊，艾草鸡、松鸡和松鼠也能丰富他们以昆虫为主的野味食谱。此外，还有单叶果松的松子，而用橡子和野麦也能做成美味的粥和面包。但说来奇怪，他们最爱吃的似乎还是湖里的幼虫。那些虫子排成长队被冲到岸边，印第安人就把它们收集起来，像晒谷子一样晒干，以备冬天食用。据说，印第安人的各个部落和家族之间经常因为抢占捕虫场而爆发战争。每个部落和家族都在湖泊沿岸占据了一块领地。另一方面，他们每年秋天都会收集很多美味的松子。山脉西侧的部落会用橡果交换幼虫和松子。为此，妇女们往往要背着巨大的包袱，穿越险阻的山道，顺着山脉一路向下，每次都要走上四五十英里。

令人惊喜的是，湖边的荒漠居然繁花盛开。我在鼠尾草灌木丛的很多角落发现了耀星花、沙马鞭、紫菀、兔黄花和吉莉草，它们都很喜欢这炎炎烈日。尤其是沙马鞭，它们娇美而芬芳，是最迷人的植物。

峡谷口对面有一排火山锥，它们从湖边一直向南延伸，像一串山脉一样从荒漠中拔地而起。其中最大的火山锥高出湖面约2 500英尺，火山口形态完好，与其他景致相比，它们的形成年代显然较晚。从几英里外看去，它们就像是松松散散的灰烬堆，从未受过雨雪的浸润，尽管如此，却有一棵棵黄松逐渐爬上那灰色的山坡，想要为它们披上绚烂的衣裳，让灰烬也焕发光彩。这片山区就像一个神奇的国度，处处都是鲜明的对比：白雪皑皑的高山围绕着炎热的荒漠，冰川打磨过的岩面上散落着火山灰和尘土，冰霜与火焰共同描绘出绮丽画卷。而在湖中，还立着几座火山岛，说明这里的湖水曾与火焰交融。

虽然我非常喜欢东侧的灰色，希望能在那里欣赏更多美景，但还是很高兴能回到绿色的一边。品读大自然用群山书写的壮丽诗篇，里面记录着严寒与酷暑的轮回、平静与狂暴的交替、火山和冰川的起伏变迁——不难发现，大自然中一切所谓的毁灭其实也都是创造，只是将一种美转换成另一种美罢了。

《一枝黄花和野紫菀》

约 1892 年，约翰·亨利·特瓦奇曼 绘

布鲁克林博物馆

我们现在就驻扎在苏打泉以北的冰川草地，这里似乎一天比一天漂亮。绿叶虽纤细如发，却能覆满整片大地。走在草地上，仿佛踩着一块极为华丽柔软的绒毯，脚边紫色花朵的轻拂也不大感受得到。这里是一片典型的冰川草地，在一片湖盆中铺展开来。如今，湖水已经消失，笔直的二针松形成一道道围墙，如列队行进的士兵一般整齐有序，为草地划出了清晰的边界。附近的树林中还嵌着许多与之相似的草地。总体来看，沿河几片大草地的景致都大差不差，几乎连绵不断地延伸了10~12英里，但我没见过任何一片能像营地附近的冰川草地一样精致而完美。这里的开花植物种类繁多，即使是处于盛期的威斯康星和伊利诺伊的大草原也没有如此辉煌的景色。这片夺目的草地上主要长着三种龙胆草、一种紫色和黄色的鹰钩草、一两种一枝黄花、一种形似龙胆草的小钓钟柳，还有委陵菜、鼠莓、马先蒿、白色紫罗兰、山月桂和线香石南。一株粗陋的杂草都看不见。在这片繁花盛开的草地中间，一条小溪静静地蜿蜒流淌着，仿佛生怕发出一点声响。其大部分河段的宽度只有3英尺左右，偶尔会出现几处直径6~8英尺的水潭，潭中几乎看不出水体的涌动。岸边环绕着覆满苔藓的草坡，小草的花穗斜斜生长，像一棵棵微型松树。线香石南也如地毯般铺展在下陷的巨石表面。草地尽头溪水潺潺，滋润着岸边的植物，也收到了植物回馈的汁液，欢唱着越过凸起的岩架，流向图奥勒米河。高大恢宏的达纳山及其周围的山峰共同描绘出青、红、白相间的画卷，耸立于东边地平线的松林之上，令人印象深刻；北面是由嶙峋的灰色花岗岩峭壁和山峰所组成的山脉；西面是有着城垛的霍夫曼山，顶峰造型别致；南面是大教堂山脉，可以看到宏伟的大教堂峰和其尖顶，以及独角兽峰等山峰，它们均呈灰色，有的山巅尖锐，有的高大浑圆。

第十章

THE TUOLUMNE CAMP

图奥勒米营地

8月22日

万里无云,西风凉爽,草地上落了些薄霜。卡洛不见了,我们一整天都在找它。在营地与河流之间的茂盛林地中,在高高的草丛与倒地的松树之间,我发现了一只小鹿。起初,它似乎想到我这儿来,但当我慢慢走到离它只有几步远的地方,准备抓住它时,它却转过身去,轻轻走开了。它轻手轻脚的样子就像一只正在捕猎的小猫。过了一会儿,它又像是忽然听到呼唤或受到惊吓一般,像成年野鹿一样腾跃奔跑,高高地越过倒地的树干,很快便消失不见了。可能是鹿妈妈在呼唤它,只是我没有听见。我觉得如果不是听到呼唤或受到惊吓,小鹿是不会离开树丛中的家或紧跟着母鹿的。我很担心卡洛。离我们营地不远,还有其他几座营地和几只狗,我仍然希望能找到它,它之前可从没离开过我。黑豹在这里是罕见的,我觉得那些大猫根本不敢招惹它。卡洛对熊也非常了解,应该不会被熊抓住。至于印第安人,他们对卡洛没什么兴趣。

8月23日

清凉又明媚的一天,预示着印第安夏季的到来。德莱尼先生去了史密斯牧场,就在赫奇赫奇山谷下方的图奥勒米河流域,离这儿有35~40英里。所以我要独处一个多星期了——严格来说倒也不算独处,因为卡洛回来了。它之前去了西北方向几英里外的一个营地。我问它去哪儿了,为什么擅自离开,它就表现出一副羞愧的样子。它想让我摸摸它,当作原谅它了。真是只聪明的狗。我终于卸下了心头的重担,要是找不到它,我决不会离开这片山区,而它好像也非常乐意回到我身边。

日落时分,天上出现了玫瑰色和深红色的晚霞,星星出现后不久,月亮也从达纳山上升起,庄严神圣的景象触动人心。我在皎白的月光下漫步于草丛中。漆黑的树影轮廓分明,如同有形的实体,我常常将它们当成黑色的焦木,总要抬起脚跨过去。

8月24日

又是一个迷人的日子，日出后不久，山间就变得温暖而宁静，只有百分之一的天空被云所占据——几缕淡淡的、丝绸般的卷云，几乎快要看不见。地上微微有霜，像是进入了印第安夏季。山脉的轮廓越来越柔和，构成如梦似幻的景致，仿佛那些粗糙的棱角都已融化。傍晚时分，天空显现出美丽而温柔的深紫色，像是风和日丽的圣华金平原所呈现的色彩。此刻，月亮正从达纳山的山巅凝望大地，空气清新怡人。不知这世上还有没有其他海拔相当的山能有如此的好天气，能像这片山一样敞开怀抱，让身在其中的人舒适又自在。

8月25日

清晨一如既往地凉爽，然后很快又和往日一样变得祥和、温暖而明亮。临近傍晚，西风微凉，于是我们也来到篝火旁取暖。大自然在山间打造了很多铺满鲜花的礼堂，其中最美的当数我们脚下这片冰川草地。同往常一样，成群的蜜蜂和蝴蝶在草地上飞舞。鸟儿们仍在此徘徊，虽然地上的寒霜提醒它们该去别处过冬了，但它们丝毫没有离开的意思。如果可以的话，我也想在这儿度过整个冬天，或者待上一辈子，甚至永远停留于此。

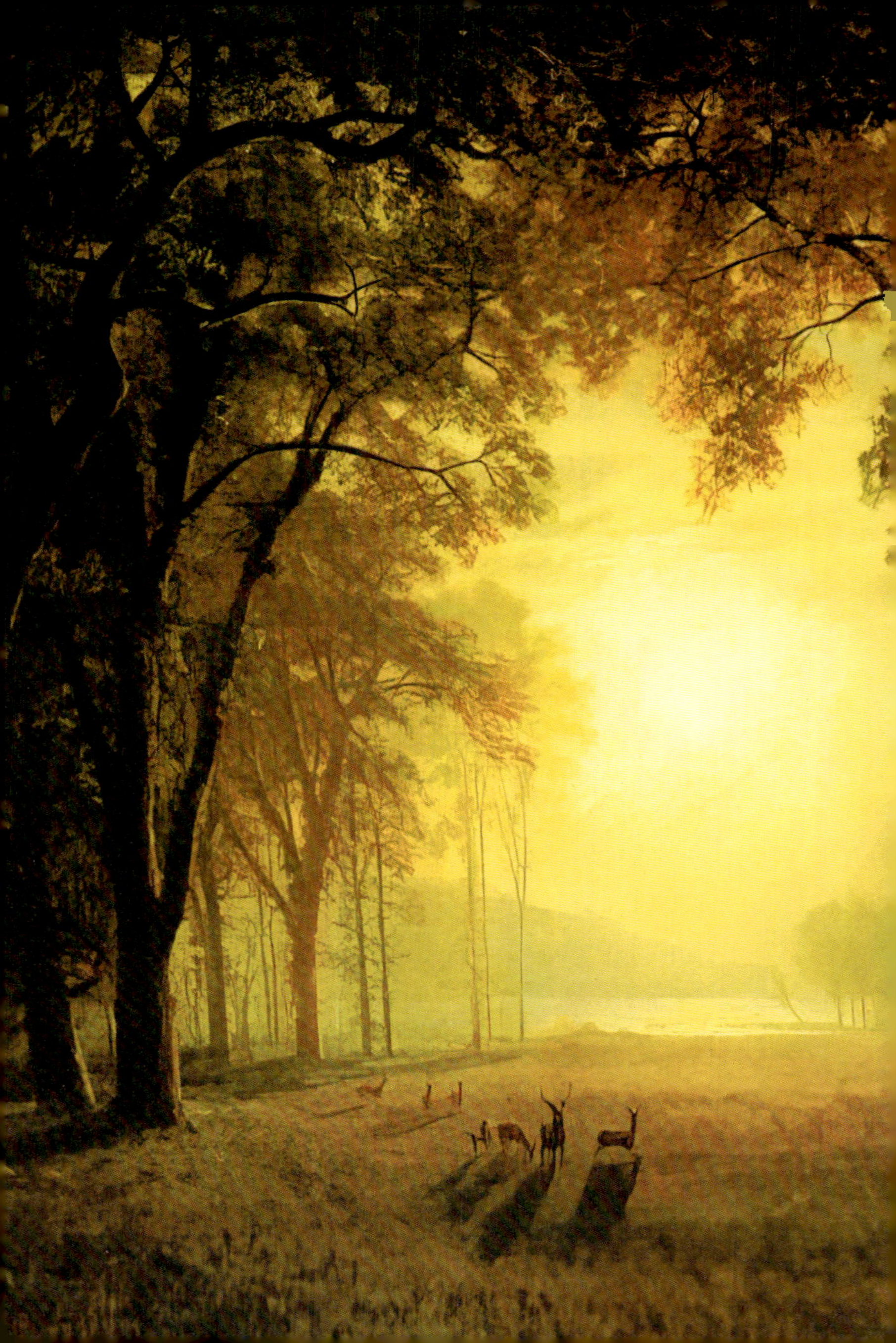

《约塞米蒂空地上的小鹿》

年份不详,阿尔伯特·比兹塔特 绘

私人收藏

8月26日

今早下霜了。草地上的草叶和部分松针挂着霜晶，闪着绚丽的虹彩，如同光的花朵。大团大团如画的云彩，像嶙峋的山岩一般堆在达纳山上，和山峦一起微微泛红。地平线附近的天呈淡紫色，松树的尖顶浸入其中，构成一幅美景。我像平常一样欣赏着周遭的景色，观察光影的变幻，看着秋日里的青草、种子、晚开的龙胆、紫菀和一枝黄花纷纷染上成熟的颜色。我还在草地里四处拨弄，俯瞰青苔和地钱的秘密王国，观察忙碌的蚂蚁和甲虫等小小的住民，它们工作玩耍的样子和森林中的松鼠与野熊并无两样。我还研究了湖泊、草地、冰碛和山体形态的塑造过程，初步探索了一下这几个方面的学问。同时，万物的宁静之美也让我着迷。

今天云彩格外多，但整体并不昏暗，因为它们比常见的云更亮一些。云约占据了天空的百分之十五，若是在瑞士，这种天气就算相当晴朗了。自由的阳光照耀着雄伟的山脉，在我平生见识过的或听说过的山脉中，这里的阳光当是最充足的。这里的天气最为晴朗，冰川打磨过的岩石闪动着最耀眼的光芒，壮丽的瀑布激起无数水花，在阳光下迸发出最绚烂的虹彩，银杉和银松也呈现出最明亮的颜色。就连星光、月光和晶石的光泽也比其他山区更多一些。除此之外，山中还有无数明镜般的湖泊，日光洒在水面，泛出最灿烂的湖光。短暂的夏日阵雨过后，山间一片辉煌；

寒冷的霜冻之夜过后，晨光透过草叶和松针的霜晶倾泻而下，又是一片绚烂的光。山巅的晨光和晚霞也能带来一种难以言喻的精神享受。就这片山区而言，相比于"白雪山脉"，"光辉山脉"这个名称反倒更贴切。

8月27日

今天云量极少，大多是傍晚时出现在霍夫曼山脉上空的白色与粉色积云。清晨时又下霜了，在这样的静夜，霜晶可以发展得完美无瑕，每一粒都像是精心打造而成的宏伟圣殿，仿佛能永远留存于世。

漫山遍野的溪流如蕾丝般铺展开来，凝视它们，叫人不禁想到万事万物的流转——一切动物和所谓"无生命"的岩石与水体都在朝着某个地方前进。积雪以冰川或雪崩的形式或疾或徐地流动，创造出山间的诸多美景。空气形成洪流般的疾风，携带矿物质、植物叶片、种子和孢子，奏起雄浑的乐章，将芬芳传递到各个角落。水流运送着各种岩石，有的已然溶于水中，有的则以泥沙、卵石和巨石的形态随波逐流。熔岩像泉水一样从火山喷涌而出。动物们聚在一起成群移动，或行走，或跳跃，或滑翔，或飞行，或游泳……同样，星辰也在太空中不断运动着，如同大自然温暖心脏中的血滴，永远流淌不息。

《群山上的粉色积云》

1925 年,查尔斯·考特尼·柯伦 绘

私人收藏

8月28日

　　黎明就像一首辉煌的色彩之歌，天空无一片云，大地结出美丽的白霜。10点以后，天气渐暖。虽然龙胆草的花瓣看起来十分娇嫩，但它们却对初霜毫不畏惧。每天晚上，它们都会合上花瓣，仿佛正准备进入梦乡，然后又在晨曦中苏醒，恢复往日的光彩。从上周开始，草地就已慢慢变黄，但我目前还没发现任何枯萎的植物。每到晚上，蝴蝶和成群的小飞虫就会被冻僵，但在中午之前，它们又会在草地的阳光中翩跹起舞，一如既往地欢乐自在，生命力丝毫未减。不久之后，它们就要像果园里的花瓣一样萎蔫、凋零，再庞大的队伍都会消亡殆尽，再没一只飞虫可以继续嗡嗡作响。尽管如此，到了春天，还会有无数新生命飞到空中，继续欢闹、嬉戏，仿佛在嘲笑冰冷的死亡。

8月29日

　　天空近乎无云，地上有薄霜，山区已进入平静的印第安夏季。我一整天都在凝视群山，观察光线的变化。山峰披上的光之外衣越来越清楚，白色与淡紫色混在一起，正午时颜色最浅，清晨和傍晚颜色最深。一切似乎都在有意维持一种若有所思的宁静，仿佛是在虔敬地等待上帝的旨意。

8月30日

今天和昨天没什么区别。天上的几片云一动也不动,似乎它们的存在只是为了给山区增添几分美感。今天下的霜足够结成冰晶,但这片璀璨的冰钻也只能维持一晚而已。大自然真是奢侈,它建设又推翻,创造又摧毁,让每颗物质的粒子在各个形态间不断转换,不断变化,却永远美丽。

今天早上,德莱尼先生来了。他离开营地这几天,我丝毫不曾感到孤独。恰恰相反,前所未有的壮美在陪伴着我。整片荒野都焕发着生机和亲切,好似充满人性。这里的石头仿佛都会说话,会共情,像是我们的兄弟姐妹。难怪我们会觉得自己与万物都是造物主的孩子。

8月31日

今日云量很少,天上只有几缕纤细的卷云,若不仔细看,都注意不到它们的存在。草地上的白霜足以结成一茬冰晶,森林中却没有霜。龙胆草、一枝黄花和紫菀等植物似乎感觉不到寒冷,尽管它们看起来十分娇嫩,但花瓣和叶子却完全不受冰霜的影响。每一天的时光都在悄无声息、轻松自然地流淌,如同花朵一般绽放又闭合。神圣的安宁照耀着整片壮丽的山区,如同某种无言的狂喜，让清冷高贵的人也流露出别样的神采。

9月1日

今日云量与昨日相同，白云都一动不动，没什么特别的颜色，也没有一丝下雨或下雪的迹象，完全就是天空的点缀。虽然一整天都很平静，但大自然的心脏又完成了一次伟大的跳动——它正催促着晚熟的花朵和种子，为明年夏天做准备。大自然永远充满生机，也永远在为未来的生命做着打算，成熟的生命将迎来死亡，但死的美又不亚于生的美——大自然始终在传递着神圣的智慧、美好与永恒。我登上了达纳山，离别将近，我急切地想多看看这里的美景。山顶的视野广阔辽远，向东望去，莫诺湖和莫诺荒漠尽收眼底。群山层层叠叠，看起来格外荒凉暗淡，就像是从天上倒下来的一堆堆灰烬。莫诺湖直径为 8~10 英里，闪闪发光的湖面像是洁净的银盘，灰白的湖岸如一片火山灰，上面一棵树都没有。向西远望，可以看到一片片壮观的森林覆盖着无数山岭和丘冈，它们环绕着圆丘和较矮的山峦，沿分水岭形成长长的曲线，填满了每一片崎岖或平坦的凹地，那里累积着冰川带去的土壤。沿山脉轴线向南北方向眺望，你会看见一排壮美的高山、峭壁、山峰和积雪，还会看见河流的源头。这些河流有的向西通过著名的金门海峡汇入大海，有的向东流向炎热的盐湖和沙漠,并匆匆蒸发,重返天空。无数湖泊在厚重的岩石下像眼睛一样闪烁着光芒,有的岸边一片贫瘠,有的绿树环绕,还有的完全镶嵌在葳蕤的丛林中。森林中的草地看起来也不比湖泊少。我在冰碛覆盖的山坡上部和风化崩解的岩石间发现了很多娇嫩的耐寒植物,有的甚至还在开花。而我此行的最大收获,就是透过全体的视野,领悟了各景观之间的统一和关联。在古老冰川路线最陡峭的区域底部,地面受冰川的压力最大,湖泊和草地恰恰坐落于此。当然,这些湖泊和草地的最大直径几乎彼此平行,同样与之平行的还有一条条林带,它们有的在侧碛和中碛上蜿蜒生长,有的则广泛分布在冰期尾声冰川消退时形成的末端沉积物上。另外,那些圆顶、山脊和支脉的形态也显示出了冰川运动的影响,它们似乎是为抵抗冰流的扫荡和侵蚀而成了如今的样子。由于坚强的抵抗或绝佳的位置,这些山岩才得以保存至今。这一切是多么有趣啊!所有的岩石、山峦、溪流、植物、湖泊、草地、森林、花田、鸟兽和昆虫似乎都在邀请我们前来了解它们的历史和其彼此间的关系。但像我这样可怜无知的学者能有机会学习它们提供的课程吗?这珍重的馈赠简直不像是真的。我很快就要回到低地了,那处供给干粮的营地不久也要被拆除。如果给我几袋面粉、一把斧头和几根火柴,我就会用松木搭一座小屋,在木屋周围堆起许多木柴,在这里度过整个冬天,欣赏瑞雪纷飞的景象,观察飞鸟和走兽在高山过冬的日常生活,再看看大雪覆盖甚至掩埋森林的样子,饱览雪崩沿山奔腾而下的盛景和声势。但现在已经没有多余的补给，我必须得走了。我一定会回来的，一定会。这片荒野热情好客、充满神性，我再也找不到如此令我着迷的地方了。

9月2日

今天的天空完美灿烂，呈现出红色、玫瑰色和深红色的光辉，壮丽非凡。我不知道这种天色意味着什么。从前，清晨与黄昏的天光总是泛着宁静的紫，正午时分则是静谧的纯白，而今天，天空的色彩第一次出现了明显变化。不过，现在完全没有暴风雨来临的前兆，只有不到一成的天空被云所占据，树林里也没有传出预示天气巨变的叹息。清晨和傍晚的天空是红色的，和往常的紫光不同，今天的红色天光并没有弥散开来，而是聚集在一朵朵独立分布、轮廓分明的云彩上。这些云一动不动，像一条条停泊在崎岖山峰围成的岸边的船只。其中有一朵深红的云彩，边缘如峭壁般参差不齐，像帽子一样在达纳山和吉布斯山上停留了很久。它低低地垂着，将山顶以下的大部分区域隐没其中。但达纳山的圆形山顶却没有被挡住，它就这么单独飘浮在大片的深红云层之上。猛犸山位于吉布斯山和血峡的南侧，上面分布着条状和点状的雪堆和矮松林，其上空也悬停着一顶光彩夺目的深红色帽子。在塑造这云朵时，大自然显然已经极尽奢华——巨大的云团染上了热情似火的深红，好像可以送到星空中点燃，独自释放那壮丽的美感。这样的景致时常能让人感受到大自然无尽的奢侈与创造力——看似挥霍无度，实则取之不尽、用之不竭。然而，只要好好研究一下我们能想到的任何自然的运作，便不难发现，大自然中的一分一毫都没有被浪费或损耗。它们只是不断地在不同形式间转换，发挥不同的作用，魅力也随之升华。一旦明白了这些，我们就不会再为浪费和死亡而悲叹，只会为宇宙中永不枯竭的财富而欢欣鼓舞，并虔诚地注视周围那些消融、磨灭和死亡的事物，等待它们的再临，笃信待到下次重逢时，它们会比之前更加美好。

我热情注视着天空中的红色云团，看着它们生长壮大，就像在看着一条新山脉缓缓升起。遥远的雪峰深处隐藏着图奥勒米河、默塞德河和圣华金河北部支流的最高源泉。很快，华美的彩云也在这些雪峰上空升起，云团的外观如前所述，只是更加精巧复杂，与其所遮蔽的壮丽河源遥相呼应。营地南面的大教堂峰也被罩在阴影中，看起来与西奈山有几分相似。在这里，岩石和云朵在颜色、形态和构成上都完美相融，它们将天空与大地合二为一，组成我从未欣赏过的美景。这画面也极易让人产生共鸣，每一处景致、每一抹色彩都深入人心，使人以狂野的激情为之欢呼雀跃，仿佛一切神圣的美景都属于自己。在这样的荒野待得越久，我们越会觉得自己是自然的一部分，与万物融为一体。今天大部分时间，我都在山谷北部边缘的高处俯瞰着光辉灿烂的赤云，它们将灿烂的光芒洒向整片洼地。而我脚下的岩石、树木和小型的高山植物则呈现出一副凝神静思的模样，它们仿佛也在专注欣赏着彩云世界的新奇与绮丽。

随着我越走越远、越爬越高，一片片花丛和蕨类植物也时不时映入我眼帘。如果不是亲眼所见，人们会理所当然地认为这些地方长不出植物。但是，和莫诺小径顶端与达纳山山顶附近的地区一样，就在这最荒凉、最高耸的地带，生长着最娇美奔放的植物居民。每每在这些迷人植物间徘徊时，我总忍不住向它们发问："你们怎么来到这里的，又是怎么过冬的？"而它们也会解释说："我们的根深深扎进夏日温暖的岩石缝隙中，到了冬天，细雪会为我们披上斗篷，使我们免受致命的寒霜，我们便能沉睡着熬过黑暗的半个年头，在梦中盼望春天的到来。"

自从进入这片山区，我就一直在寻找岩须这种植物，据说它们是所有杜鹃花科植物中最美丽、最动人的。但奇怪的是，我到现在都没找到。我在高山徒步时，总是一边走一边嘟囔着："岩须，岩须。"正如加尔文教徒所说，这个名字已经被灌进了我的脑海。很多美丽的植物未经召唤，也会在我出现时来到我身边，但我仍对岩须念念不忘。它们似乎是所有山地的小杜鹃花中最尊贵的一种，而它们好像也知道了自己的地位，所以故意躲着我。今年里，我必须早点找到它们。

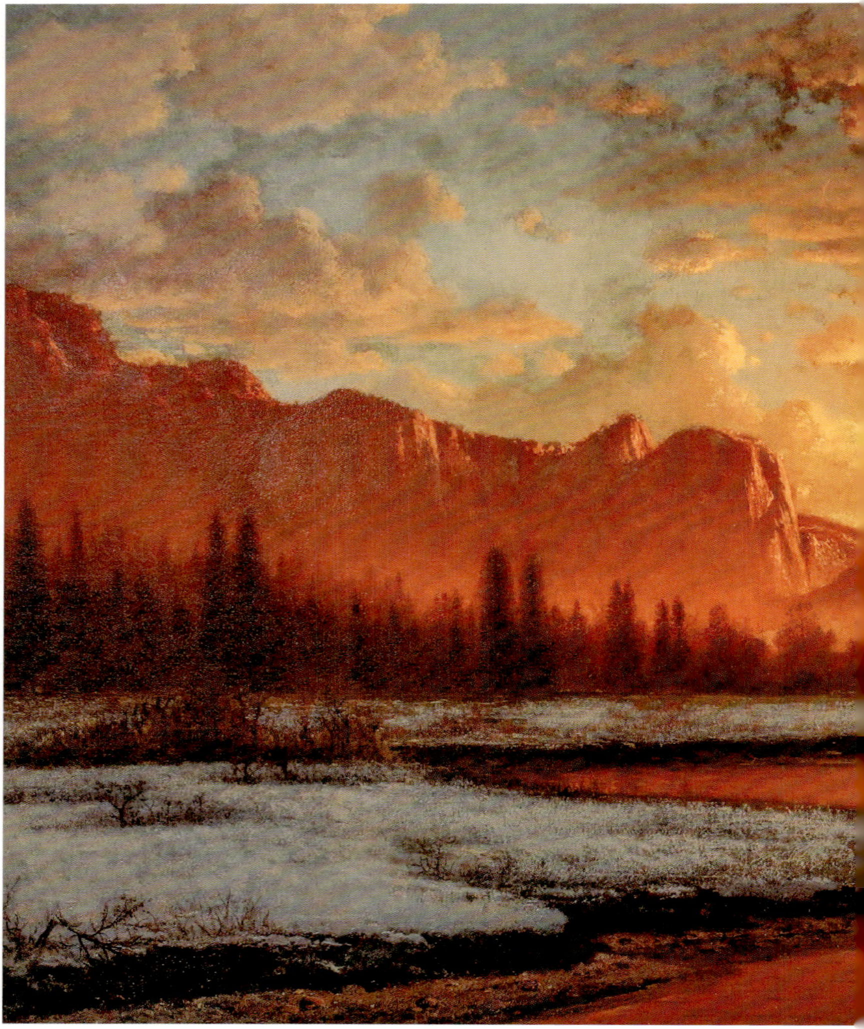

《约塞米蒂的日落》

1881年，威廉·布拉德福德 绘

洛克菲勒国家历史公园

《岩须》

1925 年,玛丽·沃克斯·沃尔科特 绘

选自玛丽·沃克斯·沃尔科特《北美野花图鉴》

华盛顿:史密森学会出版社,1925 年

9月4日

　　整片苍穹辽远而清澈，只有印第安夏季柔和的阳光充盈其间。松树、铁杉和冷杉的球果已近成熟，从早到晚往下掉。松鼠们也在忙着收割和采集球果。几乎所有植物的种子都已发育成熟，至此，它们夏天的工作也就圆满完成了。在飘雪的冬日来临之际，夏天出生的鸟儿和野鹿很快也要跟随父母前往山麓和平原。

9月5日

　　今日无云。天气凉爽、宁静又晴朗，好像接下来什么大事都不会发生。我一直在为北图奥勒米教堂峰画素描。今天的夕阳依旧绚丽多彩。

9月6日

　　仍是万里无云的一天。清晨和傍晚的天幕泛着紫色，纯洁、宁静的阳光填满了整个白昼。日出后不久，温度回暖，山间一丝风也没有。此时，人们难免要停下脚步，看看大自然会发生什么变化。这沉静而朦胧的氛围预示着真正的印第安夏季。此时空气微微泛黄,虽然稀薄,但显然符合东部印第安夏季的一般特征。这种独特的柔和感可能部分是由漫天飘浮的成熟孢子造成的。

德莱尼先生现在一直郑重其事地谈论离开高山的必要性,还讲起一桩桩惨剧——据他所言,就是在这样美好宜人的天气里,突如其来的暴风雪夺取了很多牲畜的性命。"无论如何,"他说,"到这个月中旬以后,我都不会再像现在这样继续待在这么高的深山老林,就算天气再好,再怎么暖和,我也不冒这个险。"他打算先慢慢赶羊,每天只赶几英里,然后穿过约塞米蒂溪流域,再在茂盛的松林中停留一段时间。如果天气不好,他就赶紧下到山麓,那里的雪一直不厚,绝不会把羊闷死。当然,我非常想用剩下的几天尽可能多地看看荒野的风景,还是那个愿望——但愿有一天,我可以带着足够的面包,随心所欲地留在这里,再也不用照管那四处践踏的羊群。不过我还是对这个慷慨富饶、激荡人心的夏天心怀谢意。无论如何,我们永远都无法知道自己将踏上什么道路,获得什么指引——可能是人,是风暴,是守护的天使,也可能是羊群。或许所有人都曾在浑然不觉间受到过自然的庇护。似乎每片荒野都充满各种各样的诡计和安排,只为诱导我们走入神圣的上帝之光。

至少还有一次在高山间的野外探险,我为此一直忙于筹划旅途、准备干粮。当然,不论是何种对名利的渴望,也比不上我对这次行程的期盼与狂喜。

9月7日

黎明时分，我离开营地，直奔大教堂峰，打算从那儿出发，向东方和南方行进，在图奥勒米河、默塞德河和圣华金河源头的山峰和山脊间漫游。穿过松林，越过图奥勒米河与草地，顺着图奥勒米河上游那林木茂盛的南部边界向上攀登，再沿大教堂峰东侧继续往上，最后在中午时分爬到了峰顶。一路上，我悠闲游荡，仔细研究着沿途美丽的树木，这里有二针松、山松、白皮松、银杉和所有常绿植物中最优雅迷人的山地铁杉。高处很凉爽，有些草地开花较晚，让我不得不为之放慢脚步。除此之外，森林上方还有小湖、雪崩的轨迹和巨大的冰碛石场，也让我忍不住驻足。

从大草地到大教堂峰底部的山路全都覆盖着冰碛，途经此处的巨大冰川曾经完全填满了图奥勒米河的上游地区，而覆盖山路的冰碛就来自冰川左侧。更高处还有残余冰川留下的一些小块终碛，它们向前推挤，与图奥勒米冰川主体的巨大侧碛构成了直角。这里是研究山体塑造和土壤形成的绝佳地点。大教堂峰尖顶处视野开阔，四面八方的景致美不胜收。这里可以看到无数山峰、山岭、圆丘、草地、湖泊和树林。所有冰川留下土壤的地方都覆盖着森林，它们延伸出漫长的曲线，形成一片广阔的林区。最高的山峦侧面零星分布着很多矮小的植物，它们扎根于岩石缝隙，就算没有土壤，它们显然也能健康成长。另外，大教堂

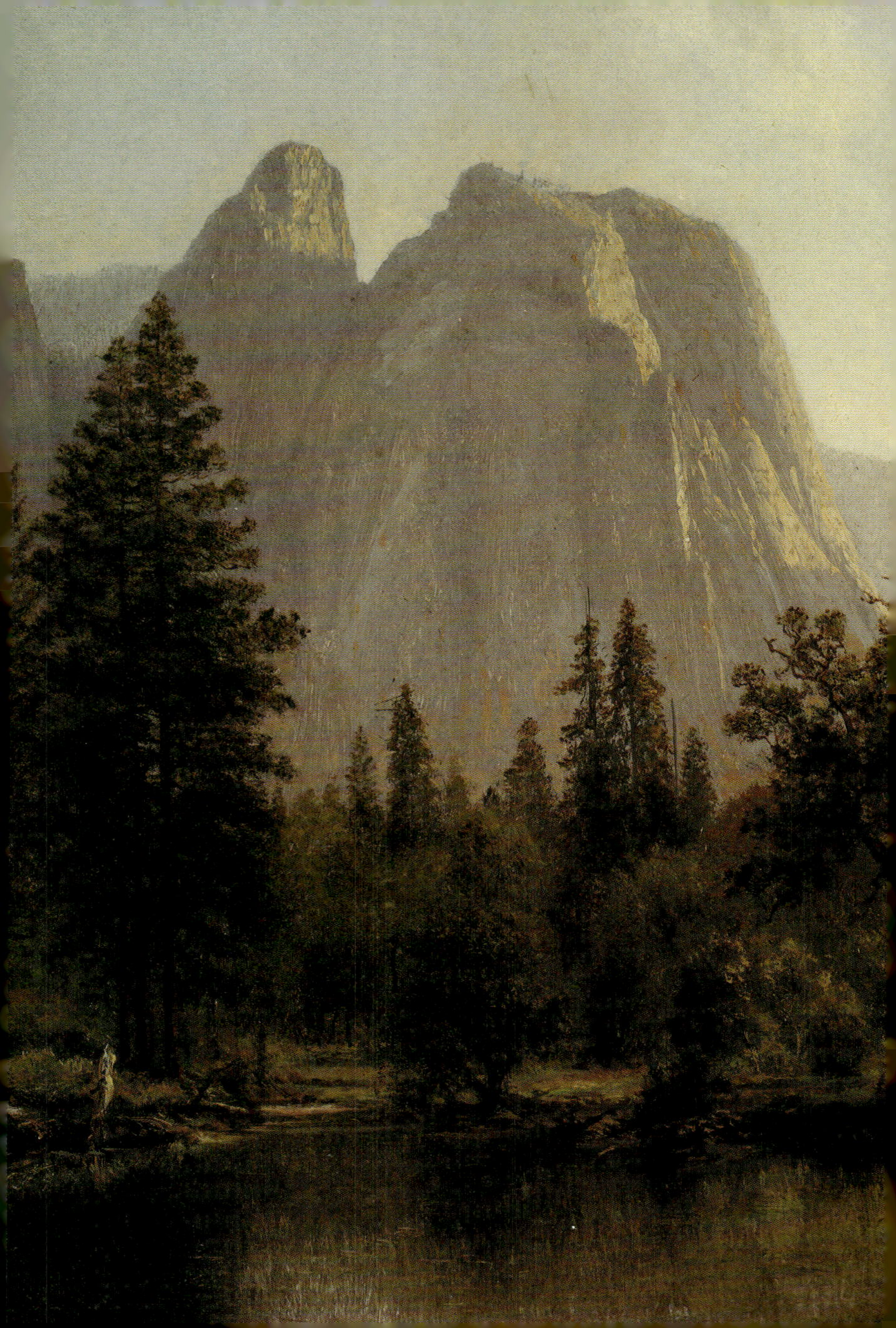

《大教堂峰的岩石,约塞米蒂山谷》
约 1872 年,阿尔伯特·比兹塔特 绘
史密森尼美国艺术博物馆

峰顶端还生长着一种形似杜鹃花的深色植物，后来我发现，它们其实就是白雪覆盖的白皮松，高度约三四英尺，但看起来很有年头了。许多白皮松都已结出球果，引来聒噪的乌鸦吃松子。这些乌鸦有长长的喙，能像啄木鸟一样把松子从球果中挖出来。山峰底部附近，乃至峰顶的松林中仍然繁花似锦，其中最多的当数一种开着黄花的木质苞蓼和一种漂亮的紫菀。大教堂峰的主体近乎呈方形，峰顶的斜坡极为整齐对称，山脊呈东北—西南走向，这显然是由花岗岩的节理决定的。东北端的山墙气势恢宏，造型却十分简约，其底部有很大一堆积雪，因山墙阴影的庇佑而尚未消融。大教堂峰正面装饰有很多尖顶，还有一个形态奇特的高大尖峰。在这里，岩石节理也从很大程度上决定了山峰的形状、大小和总体布局。据说，大教堂峰海拔约为 11 000 英尺，但山脊之上部分的实际高度只有 1 500 英尺左右。往西约一英里的位置，坐落着一片美丽的湖泊，湖边是被冰川打磨得闪闪发光的花岗岩。水面和石面都光芒四射，一些地方的岩石与湖水的边界已然模糊。峰顶视野极佳，从这里向远处眺望，能看到湖泊及其银色的盆地，还能看到部分草地和树林。除此之外，我还能看到特纳亚湖、云息山和约塞米蒂的南圆顶、斯塔尔金山、霍夫曼山、默塞德峰，以及沿山脉轴线向南北延伸的多座雪峰。不过，在我从此处看到的壮丽风景中，没有任何景致能比得过大教堂峰本身。这座山峰犹如一座神殿，展现了大自然的鬼斧神工，是大自然用山岩为人类布道的场所。在之前的一次次短途探险中，我曾多次站在峰岭的顶端，或是透过森林的空隙来凝视这壮丽的山峰，对它由衷地欣赏、赞叹与渴望！可以说，这是我第一次走进加利福尼亚的教堂，命运最终将我引向这里，慷慨地为我这个可怜而孤独的朝圣者敞开了所有大门。在最美好的时光里，万物都如宗教般神圣，整个世界似乎变成了一座大教堂，每座高山都是一个祭坛。看啊，在大教堂峰前，我终于找到了那美好而尊贵的岩须！成千上万朵花在风中像响铃一样摇曳，发出甜美的声响，那是我听过的最甜美的教堂音乐。我聆听这天籁，欣赏着周遭的美景，直到傍晚才催促自己赶紧往东走，翻过一座座崎岖险峻、岩缝纵横的山峰。这些山峰和大教堂峰一样，都由花岗岩构成，上面有很多闪闪发光的晶石，如长石、石英、角闪石、云母和电气石。我艰难前行，爬过冰雪覆盖的巨大悬崖，越往前走地势越陡，到后来几乎无法通行。中途，我还在一个很危险的位置滑倒了，我把脚后跟深深插进融化的冰面，这才在裂开的冰渊边停了下来。到了晚上，我靠着小水潭和一丛蜷曲的矮松扎了营。当我坐在篝火边做笔记时，浩瀚星空倒映在水面，让浅浅的水潭看起来深不可测。周围的岩石、树木、灌木、雏菊和莎草在火光照耀下摆出一副若有所思的模样，仿佛要张口把它们在荒野中的故事讲个遍。这是一场令人印象深刻的盛会，每位到场者都有精彩的故事要讲。而在火光之外，在肃穆的黑暗中，一条条山涧从雪地汇入河流，淙淙的流水多动听！想到每条干流都汇集了成千上万条欢乐的山涧，内华达山区的河水能一路高歌汇入大海，倒也不足为

《斯塔尔金山》
1866年,阿尔伯特·比兹塔特 绘
克利夫兰艺术博物馆

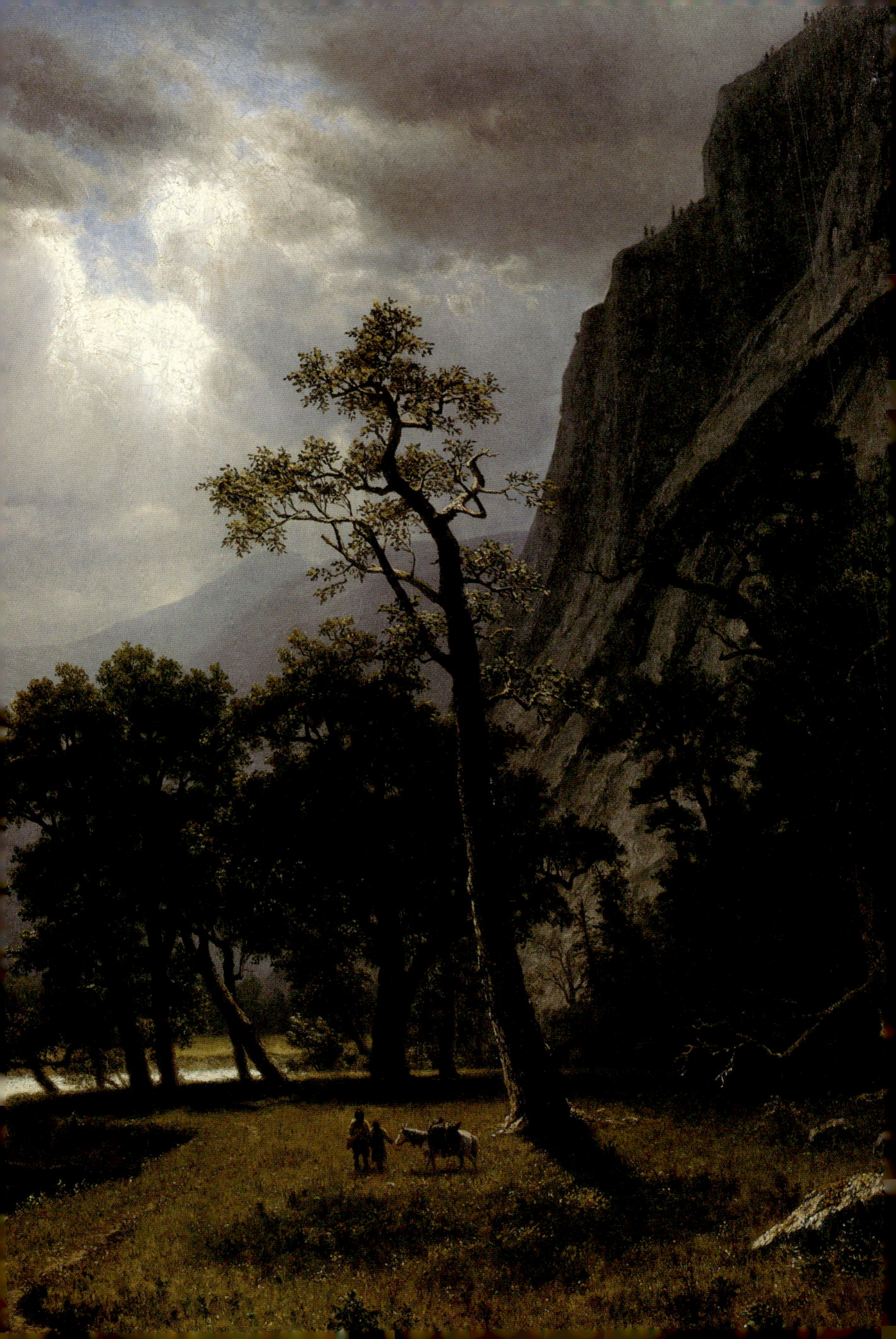

奇了。

　　日落时分，我看到一群暗灰色的麻雀，它们正要到广袤雪原上空的峭壁缝隙中歇息。多么可爱的小山民啊！除此之外，我还在距离雪堤 8~10 英尺的地方发现了一种开花的莎草。从地面情况来看，莎草接受阳光照射的时间应该不超过一周，再过一个月左右，它们可能又要被新雪掩埋，然后迎来 10 个月左右的冬季，而春季、夏季和秋季则被压缩成两个月，转眼便过去了。在这里独处真是太愉快了！一切都保持着原始的样貌，像天空一样自然而纯净！我永远也不会忘记这伟大而神圣的一天，不会忘记大教堂峰和那成千上万朵铃铛一样的岩须，不会忘记山峰周遭的美景，也不会忘记我在森林上方的灰色峭壁处搭建的营地，以及那里的星光、溪流和白雪。

9月8日

　　今天一整天都在图奥勒米河与默塞德河的最高源泉附近的山峰上攀登、打滑。我登上了三座不知名的高山，它们是这片山区中最宏伟庄严的三座。我还穿越了数不清的溪流与大片的雪地。这里的湖泊也数不胜数，有的散布在高地，有的坐落于山间的盆地，还有的在峡谷中通过溪水连成一串。这是一片极其荒凉的灰色原野，到处都是破裂的峭壁、山脊和山峰。几朵白云流浪在荒野上空，就像在找活干一样。整体来看，这片巨大的圆形景观像是一座粗糙荒芜、了无生气的采石场。但实际上，在无数隐蔽角落和山间花园，到处有最迷人的花朵在尽情盛放。我今天的登山里程估计得有平时的三四倍，可身体却久久没有倦意。太阳快落山时，我抵达了莱尔山脚下的图奥勒米谷上部地区，这里与营地之间仍有8~10英里的距离。我在黑暗中继续向上攀登，穿越松林，经过苏打泉圆丘，看到那里有许多倒在地上的树木。当游览的兴奋消耗殆尽时，我开始觉得累了。最后，我在夜里9点钟回到大本营，很快便酣然入睡。

第十一章

BACK TO THE LOWLANDS

回到低地

9月9日

一觉醒来,疲惫感一扫而空,我还想再去那片美妙的荒野进行一两个月的远足,随时可以动身。然而,我现在必须返回低地,只能祈祷上天再给我一次故地重游的机会。

此次山地之旅最大的收获,就是了解了岩石节理对山脉总体地貌的影响。显然,这片地区曾受到过强烈的剥蚀作用,而这带来的效果是一种微妙而平衡的美感。总体来看,极致的荒野景观和人的五官一样,各要素搭配得非常和谐。山体表面虽然被岩石和积雪覆盖,但看起来仍像具有人性一般,散发出别样的精神魅力和神圣的思想。

德莱尼先生几乎没空关心我的旅途是否愉快。不过一整个夏天,他都在为我的旅行计划提供支持与鼓励,还说我总有一天会出名的。但在我这个热衷野外游荡的人看来,这是个善意但有些离奇的推测。名利并非我的所求，我只想以谦卑的姿态探索、学习和享受大自然的教诲。

现在，营地里的东西都已打包完毕，装上了马背，羊群也踏上了回家的路。我们离开了，穿过松林，告别这片驻扎已久的美丽草地，不知以后还有没有机会回来。这草地是如此顽强，又如此细密，几乎没有为羊群所伤。好在羊儿们对冰川草地上这些丝绸般的草叶不感兴趣。天气格外晴朗，一丝云彩都看不见，也没有风。不知世界上还有没有另一片海拔 9 000 英尺的高地能有如此平和宁静、晴朗宜人的好天气。为躲避狂虐的暴雪，我们还是离开了，尽管很难想象这种好天气会遭遇突变。

虽然现在河水水位已经很低了，但让羊群过河仍然是一项艰巨的任务。每只羊好像都横下心来，就算是一死，也不要让羊蹄沾水。卡洛已经完美掌握了放羊技巧，堪比最厉害的牧羊人，它机智地驱赶或恐吓着愚蠢的羊群，把它们逼下了水，那景象真是有趣极了。要想让羊群过河，就必须使它们紧紧挤在一起，再将其逼到岸边，这时候只要有一只羊因为上不了岸而被迫渡河，那整群羊就会一起猛扎进水里，仿佛这条河就是它们唯一想去的地方。要不是为了赚钱，人们宁肯放狼也不会放羊。这些羊一爬上对岸就开始咩咩地吃草，好像什么事儿都没发生似的。过了河以后，我们便穿过草地，沿着山谷南缘慢慢往上爬，穿越我前往大教堂峰时经过的那片树林，然后在大块侧碛顶部的小池塘边扎营过夜。

9月10日

早上天刚亮,那2 000只羊就全都不见了。仔细检查足迹后,我们发现羊群跑散了,可能是被熊吓跑的。几小时后,我们把羊悉数找回,并使它们重新聚在一起。今天看到了一只鹿。和满身尘土、邋遢不堪的傻羊相比,这只野鹿处处都显得优雅而完美!从附近的高地向北眺望,我看到了另一番美景:圆丘和流畅的山岭连绵不绝,就像波涛起伏的大海,松林覆盖其上,周围还环绕着无数尖峰,虽然有美丽的生灵充斥其间,但看起来仍是一片灰暗和贫瘠。又是平静无云的一天,清晨和傍晚的天空泛起紫色。在过去的两三周里,每天晚上都能看到醒目的光芒,这可能就是"黄道光"。

9月11日

万里无云,微微有霜,天气宜人。我们开始下山了,现在正在特纳亚湖西端的草地扎营,这也是个迷人的地方。湖面平滑如镜,倒映着长达数英里的冰川打磨过的岩面,也倒映着峭壁。我发现紫菀还在开花。这里的高度为8 000英尺,应该接近矮金杯栎生长海拔的上限,比加利福尼亚黑栎的生长上限高出约2 000英尺。愉悦的傍晚,湖面上的倒影令人叹为观止。

9月12日

今日无云，日光璀璨。我又一次进入了这片距离约塞米蒂边缘不到两英里的壮观银杉林，来到了那个时常有熊出没的有名的葡萄牙营地。这附近生长着很多金杯栎、熊果灌木和美洲茶，但在海拔略高的图奥勒米草地附近却鲜少看到它们的身影。该地的二针松倒是比图奥勒米草地多得多，不过从体积上看，还是这一带的溪边及潮湿草地周围的二针松最为高大。条件最佳的干燥地带已经完全被雄伟的银杉占据了。这里的银杉长到了极限，构成了一条界线分明的林带。真是华丽的树种，我今晚就用它的松枝搭一张好床。

9月13日

我们今晚在约塞米蒂溪附近扎营，新营地就坐落在靠近老营地的小沙坪上。这里的植物已经枯黄了，溪水也几近干涸。岸上生长着纤细的二针松，我觉得它是我见过的最漂亮的二针松。乍一看，人们会将其误认为别的树种，但它其实应算是一个变种，在这片沃土上的旺盛长势就是它变异的原因。西黄松也存在变种，其变种数量甚至可能比其他树木更多。在这里及往上1 000英尺的碎裂岩石中，西黄松的枝干生得粗壮，红色的树皮褶皱密布,球果很大,松针很长。它是最耐寒的松树之一,生命力格外顽强。每当山风吹过,长而粗壮的松针一齐偏到同一方向,在阳光中闪烁着银光。这是美丽的内华达森林中最壮观的景象之一。有些植物学家将西黄松的这种变种视为新树种,并将其命名为加州黄松。盛名远扬的约塞米蒂溪一带岩石密布,盆地上是一座座圆丘,仿佛鹅卵石铺就的市街。不知我是否有机会探索这片土地。它深深吸引着我,我甘愿牺牲一切,只为领略它的教诲。感谢上帝让我有机会一睹其风采。这些高山的魅力简直超乎常理,就像生命本身一样神秘莫测、无法解释。

9月14日

几乎一整天,我都在壮观的冷杉林中度过,树顶的枝丫上是巨大的灰色球果,一滴滴纯净的松脂在上面闪着光芒。松鼠正在飞快地收割球果。"砰、砰"——我听到了它们落地的声音。松鼠很快就会把球果收集起来,作为冬天的储粮。不过,勤劳的松鼠也会落下几颗球果,待完全成熟后,其果鳞和苞片便会脱落,种子借助紫色的种翅成群结队地飞舞、盘旋,快乐地寻找着自己命定的归宿,真是一幅美景。在主林带中,几乎每棵树的树干和枯枝上都醒目地装饰着簇状或条状的黄色地衣。

我们今天在莫诺小径交叉口附近的瀑布溪扎营过夜。熊果灌木的果实现在已经成熟了。今天的云遮蔽了约一成的天空。傍晚有绚烂的夕阳，透过林间通道可以看见紫色与红色的光辉在空中如火焰般闪耀，灿烂非凡。

9 月 15 日

阳光明艳，云量很少，地平线附近飘浮着纤长的白色卷云。我们前行了两三英里，在落叶松平原扎营。一棵棵松树环绕在草地周围，其背后是一片树林。我在林中漫步，发现了几棵高大的银杉，最高的约有 240 英尺，距离地面 4 英尺处的直径达 5 英尺。

9 月 16 日

我们今天缓慢前行了四五英里，穿过迷人的森林，来到蓝鹤平原，今晚就在这儿扎营。夏天时，这片森林曾让我们赞叹不已，而如今，在柔和的秋日阳光中，它变得更加庄严美丽。在繁星闪烁的良夜，高高的树木尖顶在漆黑的夜空中成了清晰的剪影。我在篝火边徘徊，不想睡觉。

9月17日

今天早早就离开了营地。德莱尼领着我们翻越图奥勒米分水岭，向下走了几英里，来到一片我之前听说过的红杉林。这片林地的面积可能不到100英亩，其中有些是古老的参天大树，周围是高大的糖松和花旗松。有的树木保存得很完好，既没有被焚烧，也没有被折断，看起来非常规整对称，但又不完全拘泥于通常的形态，在整体的和谐统一中展现出无穷的个性。高大的树干上覆盖着华美的紫褐色树皮，上面有道道凹槽，高度150英尺以下的位置一根树枝都没有，只零星点缀着玫瑰状的叶簇。林中最古老的树木长着粗大盘曲的主枝，以"之"字形向外僵硬延伸，看似毫无章法，实则总会在意想不到的位置转折，且转折点与树干的距离恰到好处，最后逐渐分散成茂密丛生的小枝，进而构成变中有序的树形。它们从深色的松树、冷杉和云杉中脱颖而出，整棵树大致呈圆柱形，树冠枝叶繁茂、饱满突出，最上面是高贵的圆顶，即使从远处眺望，也能清楚地看见它在天空中的剪影。红杉真可谓是针叶树之王，不仅是因它庞大的体型，其动作和姿态也最端庄威严。我还留意到一棵烧焦的黑树桩，直径约30英尺，高80~90英尺，就像一座庄重而古老的纪念碑，令人印象深刻，这棵树在壮年时可能是树林中的王者。林中到处分布着红杉幼苗，它们茁壮生长、欣欣向荣，整个族群完全没有衰亡的迹象。除了山火之外，没有任何恶劣的天气会威胁到这些最高贵的神树。遗憾的是，我没法去细数这古老纪念碑的年轮。

我们今晚在榛树绿地扎营，它位于分水岭背后的宽阔区域，靠近我们春天上山时住过的旧营。分水岭上生长着糖松林、熊果灌木和美洲茶灌木，在美妙的夏日旅程中，这些植物已经出现多次，但它们在这里长得最好。

9月18日

今天沿分水岭南面向下走了很远，来到布朗平原，壮观的红杉林已经留在我们身后，但这里还有茂盛的糖松，以及黄松、甜柏和花旗松，它们形成了世界上最美妙的森林。

这里的印第安人郑重其事地指着平地上的一片古老花田，让我们离那儿远点。也许那里是他们安葬族人的地方。

9月19日

史密斯锯木厂位于我们上山时经过的第一处高台，我们今晚就在这儿扎营。这里的松树长得很高大，足以提供优质木材。另外，此处还生长着小麦、苹果、桃子和葡萄，当地人用苹果和葡萄酒招待了我们。我不爱喝这里的酒，但德莱尼先生、印第安人和牧羊人好像都觉得这东西美味极了。和从天堂流淌而下的清澈山泉相比，这就是一种既乏味又浑浊的饮料。不过，这里的苹果倒是好吃得很，是水果中的极品，既可以供奉给神明，也可以留给人们享用。

在从布朗平原下山的路上，我们在鲍尔山洞停留了一阵，我便去里面待了一个小时。这座山洞是大自然最新奇有趣的地下宫殿。透过洞口四棵枫树的叶片，阳光倾泻而入，照亮了洞中平静的清潭和大理石洞壁——真是一个迷人的地方，美得令人沉醉。但令人痛心的是，有人在够得着的洞壁上留下了自己的名字，把这里破坏得面目全非。

9月20日

天气依然明媚而平静，但却很热。我们现在来到了山麓，除了灰色的鬼松以外，所有针叶树都留在了我们身后。新营地位于荷兰男孩牧场，那里有广阔的麦田，但这个时节的田里只剩下灰扑扑的麦茬。

9月21日

今天热得要命，尘土漫天，阳光灼人。除了多刺的小枝和灌木丛外，羊群在这儿什么吃的也找不到，所以也没必要在此逗留。我们赶着羊群长途跋涉，在日落前抵达了金黄的圣华金平原，回到了最初的牧场。

9月22日

今早，我把羊们一只只地从圈里放出来，清点了数目。说来也怪，它们在地形复杂的山间穿越了岩石、灌木和溪流，被熊吓得四散奔逃，还中过杜鹃、山月桂和碱性植物的毒，最后每只羊的下落都很明白。今年春天，共有2 050只瘦弱的羊离开羊圈，现在一共回来2 025只，且个个膘肥体壮。这之间，有10只被熊杀了，1只被响尾蛇咬死，1只因在巨石斜坡上摔断了腿而被杀掉，还有1只在离群后惊慌失措地跑走了，所以一共损失了13只。除此之外，还有12只注定无法回家，其中有3只被卖给了牧场主，剩下9只在营地被我们吃掉了。

至此，我在内华达的第一次高山之旅就结束了。这无疑是终生难忘的经历。我穿越了这座"光辉山脉"，它必是上帝创造的最明亮、最美好的造物。我为它的荣耀而喜悦，并怀着感激与希望，祈祷能与它再次相逢。